디모던 감성콜래식 01

플란다스의 개

A Dog of Flanders
©NIPPON ANIMATION CO., LTD.

Illustration copyright©2018 by MIRBOOK COMPANY
Published by arrangement with NIPPON ANIMATION
through DAEWON Co., Ltd.

더모던 감성클래식 01

플란다스의 개

위다 지음 | 손인혜 옮김

등장하는 이들...

넬로

우유 배달로 간신히 빵을 구할 정도로 가난하지만
그림에 천재성을 타고나 '안트베르펜의 화가' 루벤스처럼
되겠다는 꿈을 꾼다. 하지만 물감 살 돈이 없어서
미술 대회에 흑백의 목탄화를 제출하고
크리스마스이브에 수상자 발표를 들으러
성모 대성당 앞으로 가는데…….

파트라슈

한 살 갓 넘었을 때부터 술주정뱅이 철물상의 고철 수레를
끌다가 급기야 탈진하고 버려졌는데, 다행히 넬로에게
발견되어 살아나고 평생의 단짝친구가 된다.
그래서 넬로를 슬프게 하는 장소들, 즉 성모 대성당과
방앗간집 앞을 지날 때면 컹컹 짖어서 친구를 위로한다.

예한 다스 할아버지

우유 군인일 때는 온 세상을 누비고 다녔는데
다리를 다쳐서 절뚝이게 되자 고향에 돌아왔고
여든에 두 살배기 젖먹이 손자 넬로를 맡아
키우게 되었다. 루뱅 시장으로 가던 길에 죽어가는
파트라슈를 발견하고 새식구로 맞아주었다.

알루아

마을의 최고 부자인
'빨간 풍차 방앗간'집 외동딸.
넬로가 '화가의 꿈'을 털어놓은 유일한 '사람' 친구로서
들판에서 넬로의 그림 모델이 되어주곤 했는데
아빠가 넬로를 미워하자 슬퍼한다.

코제 씨

알루아의 아빠, 마을 최고의 부자, 빨간 풍차 방앗간집 주인이다.
넬로가 그린 딸아이의 초상화를 보고 그의 재능을 깨닫지만
'가난한 소년이 감히 내 딸을 좋아한다'는 사실에 크게 화를 내고
급기야 넬로를 방화범으로 지목한다.

알루아 엄마

착하고 성실한 넬로와 딸 알루아의 우정을 응원하지만
남편 때문에 소년이 마을에서 따돌림을 당하자 마음 아파한다.
넬로가 할아버지의 장례식을 홀로 외롭게 치르자
알루아를 시켜서 묘지 앞에 국화 화환을 놓아둔다.

술주정뱅이 철물상

브라반트 사람. 동물은 함부로 다뤄도 된다고
생각하기 때문에 플랜더스 지방에서 대대로 짐수레를 끌던
덩치가 큰 종류의 개 '파트라슈'를 '구입'해서
마구 부려먹었고, 쓰러지자 길가에 내버렸다.

일러두기

책의 인명과 지명은 외래어표기법에 따랐습니다.

지역명인 '플랑드르'는 '플랜더스(영어식)'로 표기하였습니다.

단, 제목은 애니메이션 속 고유 캐릭터임을 강조하기 위해서 《플란다스의 개》로 썼습니다.

차례

넬로와 파트라슈는 세상에 단둘이 남겨졌다.

그들은 형제보다 더 가까운 친구였다. 몸집이 자그마한 넬로는 아르덴* 태생의 소년이었고, 덩치가 커다란 파트라슈는 플랜더스** 지방에서 흔히 볼 수 있는 개였다. 그래서 동갑이지만 한 명은 아직 어렸고 다른 하나는 벌써 늙었다. 둘은 늘 함께 지냈다. 둘 다 고아였고 가난했으며

---

* 프랑스와 접한 벨기에의 고산 지역이다.
** 현지식 명칭은 '플랑드르(Flandre)'이다. 프랑스 북부~벨기에 서부~네덜란드 서부에 걸친 지역으로, 르네상스 시대에 미술(루벤스, 렘브란트, 얀 반 에이크 등)과 음악(오케겜, 오브레히트, 조스캥 데 프레 등)이 크게 발달했다.

같은 사람에게 삶을 의지하고 있었다. 그렇게 둘의 우정이 시작되었다. 둘 사이의 끈끈한 정은 날이 갈수록 깊어졌고, 커갈수록 떼려야 뗄 수 없는 사이가 되었다. 둘은 서로를 아주 깊이 사랑했다.

넬로와 파트라슈는 플랜더스의 작은 마을 언저리에 있는 조그만 오두막에 살았다. 안트베르펜*에서 5킬로미터 정도 떨어져 있는 플랜더스 마을은 평탄한 너른 초원과 옥수수밭 한가운데에 자리하고 있었다. 마을을 가로지르는 커다란 운하를 따라 포플러와 오리나무가 한 줄로 늘어서서 바람에 살랑거렸다. 마을에는 스무 채 정도의 농가가 있었는데 덧문은 밝은 초록색이거나 하늘색이고 지붕은 붉은 장밋빛이거나 검은색 또는 흰색이었다. 회반죽을 바른 벽은 햇빛 아래서 눈처럼 하얗게 빛났다.

마을 한가운데에는 이끼가 깔린 언덕 위로 풍차가 서 있었다. 풍차는 밋밋한 시골 풍경 속에서 하나의 이정표

---

* 벨기에의 항구도시로, 루벤스(Peter Paul Rubens)가 화실을 두고 활발하게 작품 활동을 했던 곳이다. 안트베르펜 성모 대성당에 걸려 있는 루벤스의 삼단 성화, 즉 〈십자가를 세움〉, 〈성모 승천〉, 〈십자가에서 내려지는 그리스도〉로 유명하다.

오두막에는 아주 늙고 가난한 노인 예한 다스가 살았다.
그는 젊은 시절에 군인이었고 황소가 고랑을 뭉개듯이
전쟁이 자신들의 땅을 짓밟던 일을 기억하고 있었다.

가 되었다. 근 반세기 전, 나폴레옹의 군대를 위해 밀을 빻던 시절에는 날개까지 온통 주홍색이었지만 이제는 바람과 햇살에 시달리며 색이 바래 불그죽죽한 갈색으로 변해버렸다. 그리고 늙어서 관절염으로 고생하는 관절처럼 뻣뻣하게 돌다가 말다가 하면서 기묘하게 움직였다. 그래도 마을 사람들은 모두 그곳에서 밀을 빻았다. 그들은 곡식을 다른 곳으로 가져가서 빻으면 마치 불경한 일을 저지르는 것처럼 느꼈다. 풍차 맞은편의 작고 오래된 회색 성당 대신 다른 성당으로 가서 기도를 드리는 것처럼 말이다. 원뿔 모양의 첨탑에서 흘러나오는 교회의 종은 유럽 북해 연안의 저지대 국가*에 있는 모든 종이 그렇듯 묘하게 가라앉은 공허하고 슬픈 소리로 아침, 점심, 저녁을 알렸다.

넬로와 파트라슈는 아주 어릴 때부터 지금껏 그런 여리고 구슬픈 종소리를 들으며 마을 언저리에 있는 작은 오두막에서 살았다. 오두막 앞에는 파도도 없는 잔잔한 바다처럼 드넓은 초원이 펼쳐져 있었고, 쫙 펼쳐진 옥수수밭

* 벨기에, 네덜란드 등은 해수면보다 지표면이 낮다.

너머 북동쪽으로는 안트베르펜 성당*의 첨탑이 보였다. 오두막에는 아주 늙고 가난한 노인 예한 다스가 살았다. 그는 젊은 시절에 군인이었고 황소가 고랑을 뭉개듯이 전쟁이 자신들의 땅을 짓밟던 일을 기억하고 있었다. 전쟁터에서 상처만 입고 빈손으로 돌아온 그는 전쟁에서 입은 상처로 다리를 절었다.

예한 다스가 여든 살이 되던 해, 아르덴의 스타벨로 근처에 살던 딸이 두 살배기 아들을 남기고 죽었다. 할아버지가 된 예한 다스는 자기 한몸 먹고살기도 힘들었지만 불평 없이 손자를 맡았고, 아이는 곧 그에게 더없이 소중한 존재가 되었다. 니콜라스**의 애칭인 '넬로'라는 이름의 아이는 할아버지와 함께 살면서 무럭무럭 자라났다. 비록 볼품없고 작은 오두막이지만 만족하며 행복하게 살았다.

오두막은 정말 초라하고 조그마한 흙집이었다. 조개껍

---

* 벨기에 최대의 고딕 양식 성당으로 '성모 대성당' 또는 '노트르담 성당'으로도 불린다. 이곳에 벨기에에서 가장 높은 123미터짜리 첨탑이 있다.

** 산타클로스의 이름이다. 성 니콜라스(St.Nicholas 혹은 줄여서 St.Nick)라는 수도사가 가난한 이들을 도우며 살았는데, 훗날 네덜란드식 애칭 '신터클라스(Sinter Klaas)'라고 부르다가 영어식 산타클로스(Santa Claus)가 되었다.

두 사람은 빵 한 조각이나 양배추 몇 잎에도 행복해했고
하늘이나 땅에 그 이상을 원하지도 않았다.
다만 파트라슈가 언제까지나 그들과 함께하기를 바랄 뿐이었다.
파트라슈가 없으면 어떻게 살아야 할까?

질처럼 하얗고 깨끗했으며 콩과 허브, 호박을 키우는 작은 텃밭도 있었다. 하지만 할아버지와 넬로는 끔찍하게 가난했고, 아무것도 먹지 못한 채 보내는 날도 많았다. 풍족하게 먹어본 적이 없었다. 양껏 먹을 수만 있다면 그곳이 곧 천국 같았을 것이다. 그러나 가난 속에서도 할아버지는 아이를 아주 다정하게 보살폈고, 아이는 아름답고 마음씨도 순수하고 진실하고 고왔다. 두 사람은 빵 한 조각이나 양배추 몇 잎에도 행복해했고, 하늘이나 땅에 그 이상을 원하지도 않았다. 다만 파트라슈가 언제까지나 그들과 함께하기를 바랄 뿐이었다. 파트라슈가 없으면 어떻게 살아야 할까?

파트라슈는 두 사람에게 전부였다. 보물이자 곳간이었고, 금덩이가 든 금고이자 돈을 부르는 요술 지팡이였다. 생계를 꾸려가는 가장이자 일꾼이었고 위안을 주는 유일한 친구였다. 파트라슈가 죽거나 곁을 떠나면 할아버지와 넬로는 견딜 수 없을 것이다. 파트라슈는 두 사람의 몸이자 머리이며 손발이었다. 목숨이었고 영혼이었다. 예한 다스는 다리를 저는 노인이었고 넬로는 아직 어린아이였기 때문이다. 파트라슈는 그런 두 사람의 개였다.

랄랄라 랄랄라 랄라라라라 랄라라라~
랄랄라 랄랄라 랄라라라랄라~

하얗게 깨어나는 새벽에
아름답게 쭉 뻗은 가로수길

잊을 수 없는 아름다운 이 길을
파트라슈와 함께 걸었지

하늘로 이어진 이 길을

랄랄라 랄랄라 랄라라라라 랄라라라~
랄랄라 랄랄라 랄라라라랄라~

파트라슈!

누런 털에 큰 머리와 다리, 늑대처럼 똑바로 선 귀를 한 이 플랜더스의 개는 여러 세대에 걸쳐 힘든 일을 해오면서 혈통적으로 근육이 잘 발달했고, 활처럼 휜 다리는 튼튼했으며 발바닥은 넓적했다. 파트라슈의 조상들은 수세기 동안 아비에서 아들로 고되고 비참한 노동을 해왔다. 노예의 노예, 하층민들의 개, 수레를 끄는 짐승이었다. 단련된 힘줄로 짐마차를 끌었고 그러다가 길 위의 차디찬 돌 위에서 심장이 멈춰서 죽는 존재였다.

　　파트라슈의 어미는 두 플랜더스*와 브라반트**를 오가며 평생 고된 노동을 했다. 울퉁불퉁한 돌들이 깔린 여러 도시의 골목길과 그늘 하나 없이 뙤약볕이 내리쬐는 길을 오가며 떠돌았다. 파트라슈는 태어날 때부터 고통과 고된 일 말고는 물려받은 것이 없었다. 욕을 들으면서 자랐고 매질 세례를 받았다. 왜 아니겠는가? 파트라슈는 기독교도의 나라에서 살았지만 단지 개일 뿐인 것을. 파트라슈는 다 자라기도 전에 수레의 무게와 멍에의 쓰라림을 알게

---

*　동플랜더스와 서플랜더스 지방을 뜻한다.
**　현재 벨기에의 수도인 브뤼셀이 있는 지방이다.

되었다. 채 13개월이 못 되어 북쪽에서 남쪽으로, 파란 바다에서 푸른 산으로 돌아다니는 한 철물상에게 팔려갔다. 파트라슈가 너무 작다면서 옛 주인이 헐값에 팔아버린 거였다.

철물상은 짐승만도 못한 술주정뱅이였다. 파트라슈의 삶은 지옥이었다. 하느님의 피조물인 동물에게 지옥의 고통을 주는 것은 기독교도들이 자신들의 믿음을 보여주는 하나의 방법이었다.[*] 새 주인은 브라반트 사람으로 퉁명스럽고 못되고 난폭했다. 그는 주전자, 큰 병과 양동이, 도기류, 놋그릇과 양철그릇 등을 수레 한가득 실은 뒤, 파트라슈 혼자 온 힘을 다해 끌게 했다. 자기는 옆에서 검은 담배 파이프를 물고 뚱뚱한 몸을 흔들며 느릿느릿 걷다가 눈에 띄는 모든 술집에 들렀다.

다행인지 불행인지 파트라슈는 매우 튼튼했다. 그런 잔인하고 고된 일을 시켜도 해낼 수 있는 강철 같은 핏줄을 타고났기 때문이다. 그래서 파트라슈는 인정사정없이

---

[*] 플랜더스 지방이 오랫동안 신교도와 구교도의 전쟁에 시달렸음을 냉소적으로 표현한 것이다.

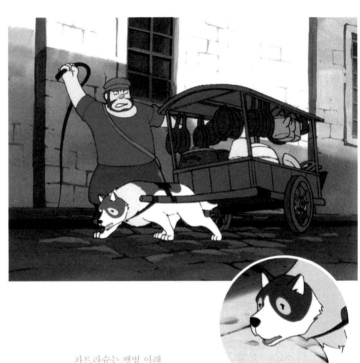

파트라슈는 땡볕 아래
이글거리는 도로를 하루 종일
아무것도 먹지 못한 채 걸었다.

실린 짐수레, 끔찍하도록 무서운 채찍, 굶주림, 목마름, 매질, 욕지거리에 기진맥진하면서도 죽지 않고 불쌍한 목숨을 이어갔다. 네발짐승 중에서 가장 인내심 강하고 근면한 그 희생자에게 플랜더스 사람들이 주는 보답이라고는 고통뿐이었다.

2년 동안 그렇게 죽을 것 같은 고통의 시간을 보낸 어느 날, 파트라슈는 루뱅*을 향해서 평소와 마찬가지로 먼지가 풀풀 날리는 길을 걷고 있었다. 숨이 턱턱 막히는 한여름이었다. 철물과 질그릇이 높이 쌓인 수레는 끔찍하게 무거웠다. 주인은 힘에 부쳐 후들거리는 파트라슈의 등허리에 채찍질을 할 때 말고는 개에게 신경 쓰지 않고 설렁설렁 걷고 있었다. 그 브라반트 사람은 도로변에 술집이 나타날 때마다 들러서 맥주를 마셨지만 파트라슈에게는 개울의 물도 못 마시게 했다. 파트라슈는 땡볕 아래 이글거리는 도로를 하루 종일 아무것도 먹지 못한 채 걸었다. 반나절 가까이 물 한 모금도 축이지 못한 채였다. 먼지가

*　브라반트에 있는 한 도시다.

눈앞을 가리고 매질 당한 곳은 욱신거렸으며, 허리에 걸린 무자비한 무게의 수레는 몸을 마비시키는 것 같았다. 파트라슈는 태어나 처음으로 비틀거리며 입에 거품을 물고 쓰러져버렸다.

　파트라슈는 이글거리는 태양 아래 흙먼지가 이는 길 위로 쓰러졌다. 죽을 만큼 아팠고 꼼짝도 할 수가 없었다. 주인은 파트라슈에게 줄 수 있는 유일한 약을 주었다. 바로 발로 차고 욕설을 내뱉으며 참나무 몽둥이로 매질을 하는 거였다. 그 약이 파트라슈에게 주어지는 유일한 먹이고 물이며 품삯이자 상이었다. 하지만 파트라슈는 이미 어떤 고통과 욕설도 닿을 수 없는 곳에 있었다. 파트라슈는 여름날 희뿌연 먼지를 뒤집어쓰고 누워서 죽음이 다가오기만을 기다렸다.

　한동안 개의 갈비뼈를 발로 차고 귀에다 욕설을 퍼붓던 브라반트 사람은 소용없다는 것을 깨달았다. 개에게서 생명이 사라지고 있었다. 누군가 개의 가죽을 벗겨서 장갑으로 만들지 않는 한 아무짝에도 쓸모가 없고, 그런 개에게 저주를 퍼부어봤자 소용없다고 생각했다. 주인은 작별

인사로 욕설을 마구 퍼붓고는 멍에의 가죽 줄을 풀고 수풀 쪽으로 파트라슈의 몸뚱이를 차버렸다. 죽어가는 개를 개미가 물어뜯고 까마귀들이 쪼아대도록 남겨둔 채, 그는 걸쭉한 욕설로 투덜거리고 끙끙거리면서 느릿느릿 수레를 끌고 언덕을 올라갔다.

그날은 루뱅에서 장이 서는 축일 바로 전날이었다. 이 브라반트 사람은 시장에서 좋은 자리를 잡으려고 놋그릇을 가득 실은 수레를 서둘러 끌었다. 그는 무섭게 욕지거리를 내뱉었다. 힘세고 참을성 많았던 파트라슈 없이, 혼자 힘으로 수레를 끌고 루뱅까지 힘겹게 가려니 분통이 터졌기 때문이다. 하지만 돌아가서 파트라슈를 돌볼 생각은 전혀 하지 않았다. 어차피 그 짐승은 죽어가고 있으니 이제 쓸모가 없었다. 그는 주인 없이 혼자 돌아다니는 큰 개를 발견하면 훔쳐다가 수레를 끌게 할 심산이었다. 사실 그는 파트라슈를 거의 공짜로 부려먹었다. 2년이라는 잔인한 세월 동안 해가 뜰 때부터 질 때까지, 여름부터 겨울까지, 좋은 날씨든 궂은 날씨든 끊임없이 부려먹었다.

파트라슈는 꽤 쓸모가 있었고 그 덕에 돈도 많이 벌었

다. 하지만 이 사내는 제 생각만 했다. 개는 홀로 도랑에서 마지막 숨을 내쉬며 충혈된 두 눈을 새들에게 뽑아 먹히든 말든, 자신은 루뱅의 축제에서 구걸하고 훔치고 먹고 마시며 춤추고 노래할 생각에만 부풀어 길을 재촉했다. 짐수레를 끄는 죽어가는 개 한 마리 때문에 시간을 낭비할 이유가 있겠는가. 개의 고통 때문에 한 줌의 동전과 한바탕의 유흥을 버릴 이유가 없었다.

파트라슈는 그렇게 수풀의 도랑에 버려져 있었다. 그날은 수백 명의 사람들이 걷거나 노새, 마차, 수레를 타고 서둘러서 즐겁게 루뱅으로 향하고 있었다. 파트라슈를 쳐다본 사람도 있었지만 대부분은 눈길도 주지 않았다. 죽어가는 개쯤은 브라반트에서 별일 아니었다. 사실 세상 어디에서도 하찮은 일일 것이다.

한참 뒤에 축제 참가자들 사이로 힘없어 보이는 할아버지가 걸어왔다. 그는 몸집이 작고 등도 굽었으며 다리도 절었다. 전혀 축제에 가는 차림새가 아니었다. 그는 아주 초라하고 불쌍하게 차려입었고 축제를 즐기러 가는 사람들이 내는 먼지 사이를 조용히 느릿느릿 걸었다. 그때

할아버지가 파트라슈를 발견했다. 잠시 멈춰 서서 무슨 일인가 생각하더니, 길을 벗어나 풀숲 도랑의 잡초 위에 무릎을 꿇고 앉았다. 그리고 친절하고 동정심 가득한 눈으로 개를 살펴보았다. 할아버지 옆에는 장밋빛 볼에 짙은 눈동자를 가진 조그마한 금발 머리 아이가 서 있었다. 아이는 자신의 가슴 높이까지 오는 수풀을 헤치고 와서 아무런 움직임이 없는 커다란 불쌍한 짐승을 진지한 눈으로 바라봤다.

이것이 조그마한 아이 넬로와 커다란 개 파트라슈의 첫 만남이었다.

예한 다스 할아버지는 죽어가는 개를 아주 힘겹게 자신의 허름한 오두막으로 끌고 갔다. 다행히 오두막은 개가 누워 있던 들판에서 돌을 던지면 닿을 만큼 가까운 곳에 있었다. 할아버지와 넬로는 오두막에서 아픈 개를 정성껏 보살폈다. 파트라슈는 더위를 먹어 정신을 잃은 것이었다. 그늘에서 휴식을 취하자 차츰 정신이 들었고, 황갈색의 네 다리를 조금씩 움직였다.

외로운 할아버지와 행복한 어린아이는
아픈 파트라슈를 열심히 돌봤다.
어두운 밤이면 파트라슈가 살아 있는지 확인하려고
주의 깊게 숨소리를 들었다.

몇 주 동안 파트라슈는 힘없고 쓸모없이 죽을 듯이 앓기만 했다. 하지만 그런데도 욕설이나 매질을 당하지 않았다. 대신 어린아이의 안쓰러워하는 속삭임과 할아버지의 부드러운 손길만을 느꼈다.

외로운 할아버지와 행복한 어린아이는 아픈 파트라슈를 열심히 돌봤다. 파트라슈는 오두막 구석 건초 더미에서 잠을 잤다. 할아버지와 아이는 어두운 밤이면 파트라슈가 살아 있는지 확인하려고 주의 깊게 숨소리를 들었다. 공허하지만 큰 소리로 처음으로 '컹' 하고 짖자, 두 사람은 파트라슈의 회복을 확신하며 크게 웃었고 기쁨에 들떠 눈물을 글썽였다. 어린 넬로는 살갗이 다 벗겨진 파트라슈의 상처투성이 목에 마거리트 꽃을 엮은 꽃목걸이를 둘러주었다. 그리고 목을 껴안고 작고 보드라운 입술로 뽀뽀해주었다.

그렇게 파트라슈는 조금 수척해지기는 했지만 강하고 힘센 덩치 큰 개로 돌아왔다. 일어나라고 욕하는 사람도 없었고 수레를 끌라고 때리는 사람도 없어서 파트라슈의 슬퍼보이는 커다란 눈망울에 놀란 기색이 어렸다. 파트라

슈의 마음에는 커다란 사랑이 피어났고, 살아오는 동안 한 번도 없었던 충성심이 생겨났다.

파트라슈는 감사할 줄 아는 개였다. 엎드린 채 그윽하고 사색에 잠긴 갈색 눈으로 친구들의 움직임을 바라보며 오랫동안 진지하게 생각에 잠겼다.

이즈음 한때 군인이었던 예한 다스는 다리를 절뚝거리면서 매일 작은 수레를 끌었다. 젖소를 키우는 이웃들의 우유통을 안트베르펜까지 배달하면서 생계를 꾸렸는데 그 일도 마을 사람들이 그를 가엾게 여겨서 준 거였다. 그래도 이웃들은 할아버지보다는 사는 게 조금 더 넉넉했기 때문이다. 사실은 이 정직한 사람에게 우유통 운반을 맡기고, 자신들은 집에서 정원을 가꾸고 소, 닭, 오리를 돌보며 작은 텃밭을 일구는 편이 더 좋기도 했다. 그런데 우유 나르는 일이 할아버지에게 점점 힘겨워지기 시작했다. 그는 여든세 살이었고 안트베르펜은 꽤 멀었다.

어느 날 건강을 되찾은 파트라슈는 목에 마거리트 꽃 목걸이를 두르고 햇볕 아래 엎드려서 할아버지가 우유통을 나르는 모습을 물끄러미 지켜봤다.

파트라슈는
조금 수척해지기는 했지만
강하고 힘센 덩치 큰 개로
돌아왔다.

이튿날 아침 파트라슈는 할아버지가 오기 전에 먼저 수레로 가서 손잡이 사이에 자리를 잡고 섰다. 그리고 자신을 보살펴준 보답을 하고 싶다는 듯이, 일을 잘할 수 있다는 듯이 말없이 가만히 서 있었다. 예한 다스 할아버지는 오래 망설였다. 할아버지는 자연의 섭리를 거스르면서 개에게 멍에를 씌워 부려먹는 것은 부끄러운 일이라고 생각했다. 하지만 파트라슈는 물러서지 않았다. 할아버지가 자신에게 멍에를 씌우려 하지 않자, 파트라슈는 이빨로 수레를 끌려고 했다.

파트라슈가 끈질기게 자신을 구해준 은혜에 보답하려고 하자, 결국 할아버지도 두 손을 들고 말았다. 그는 파트라슈가 수레를 끌 수 있게 수레를 고쳤다. 그리고 이 일은 파트라슈가 생을 마칠 때까지 매일 아침 일과가 되었다.

겨울이 다가왔다. 예한 다스 할아버지는 루뱅의 축제날 도랑에서 죽어가던 개를 구한 행운에 더욱 감사했다. 그는 나이가 많았고 매년 쇠약해졌다. 친구가 된 힘세고 부지런한 동물이 아니었다면, 수레에 우유통을 가득 싣고 눈길이나 바큇자국이 깊게 팬 진흙 위를 다니느라 몸져누

웠을 것이다. 파트라슈에게도 천국 같은 시간이었다. 옛
주인과 함께 있을 때는 끔찍한 무게의 짐을 끌고 걸을 때
마다 후려치는 채찍을 맞아야 했다. 그때에 비하면 언제
나 쓰다듬어주고 칭찬해주는 할아버지 곁에서 빛나는 놋
쇠 병이 든 작고 가벼운 초록색 수레를 끄는 일은 마냥 즐
거웠다. 게다가 일은 오후 3~4시면 끝났다. 그 후에는 무
엇을 하든 자유였다. 햇살 아래서 낮잠을 자거나 기지개
를 펴도 되었고, 들판을 돌아다니거나 어린 넬로와 뛰어

다니고 다른 개들과 놀아도 좋았다. 파트라슈는 아주 행복했다.

파트라슈에게는 다행스럽게도 옛 주인은 메헬렌의 장에서 술에 취해 싸우다가 죽었다. 그래서 새집에서 사는 행복한 파트라슈를 찾아오거나 방해할 일이 없었다.

몇 년 뒤, 예한 다스 할아버지의 관절염이 심해져서 더는 수레를 끌고 나설 수가 없게 되었다. 그래서 할아버지와 함께 자주 다녀서 안트베르펜 시내를 구석구석 잘 알고 있는 여섯 살 된 어린 넬로가 할아버지의 수레를 맡게 되었다. 넬로는 우유를 팔고 잔돈을 받아서 우유 주인에게 가져다주는 일을 성실하게 해냈고 사람들은 그런 넬로를 모두 좋아했다.

넬로는 우유를 팔고 잔돈을 받아서
우유 주인에게 가져다주는 일을 성실하게 해냈고
사람들은 그런 넬로를 모두 좋아했다.

이 어린 아르덴 소년은 아주 예쁘장했다. 진지하고 부드러운 까만 눈에 볼은 발그레했으며, 금발 머리가 목까지 넘실거렸다. 그래서 넬로와 파트라슈가 지나갈 때면 많은 화가들이 둘의 모습을 스케치하곤 했다. 둘은 테니르스, 미리스, 반 탈의 그림에 나올 듯한 모습이었다. 놋쇠 우유통을 실은 초록색 수레, 목줄에 달린 방울을 딸랑거리며 걸어가는 커다란 황갈색의 개, 그 옆에서 하얀 발에 커다란 나막신을 신고 걷는 작은 아이는 루벤스가 그린 아기천사처럼 사랑스럽고 진지했으며, 순수하고 행복한 모습이었다.

넬로와 파트라슈는 아주 즐겁게 일했다. 여름이 오자예한 다스 할아버지의 몸도 많이 좋아졌지만 다시 일할 필요는 없었다. 그저 문 옆 양지바른 곳에 앉아서 넬로와 파트라슈가 울타리의 쪽문으로 나가는 것을 지켜보았다. 그후 꾸벅꾸벅 졸며 비몽사몽 꿈을 꾸거나 소박한 기도를 했고, 마치 시계가 3시라고 알려준 것처럼 다시 깨어나서 넬로와 파트라슈가 돌아오는 것을 기다렸다. 둘이 집에 돌아오면 할아버지는 파트라슈의 가죽 끈을 풀어주었다. 파트

라슈는 기뻐서 컹컹 짖으며 몸을 흔들었고, 넬로는 자랑스럽게 그날 일을 이야기했다. 그 다음 셋은 다 같이 안으로 들어가서 호밀 빵과 우유, 수프를 먹고, 드넓은 들판에 그림자가 드리우는 모습을 지켜봤다. 그러다가 저녁노을이 성당의 첨탑에 드리우면 할아버지가 외우는 기도문을 들으면서 평화롭게 잠들었다.

그렇게 몇 년이 흘렀고, 넬로와 파트라슈는 행복하고 순수하고 건강하게 살아갔다.

봄과 여름이면 특히 더 행복했다. 플랜더스는 아름다운 땅은 아니었다. 어쩌면 루벤스가 살던 곳 중에서 가장 사랑스럽지 않은 곳인지도 모른다. 구슬픈 종소리를 울리는 회색의 뾰족탑을 빼면, 아무 특색 없는 평원에 옥수수와 유채, 목초지와 밭만 지겹도록 반복되었다. 짚단을 들고 이삭을 줍는 사람들이나 삭정이단을 든 나무꾼이 오가는 모습이 전부로, 아무런 변화도 다양성도 아름다움도 없는 곳이었다. 산골이나 숲속에 사는 사람이라면 이 지루하고 끝도 없이 광활하고 따분한 들판이 감옥에 갇힌 것처럼 갑갑할 것이다.

그래도 플랜더스는 푸르고 비옥했다. 지루하고 단조로웠지만 드넓은 지평선이 가진 특별한 매력이 있었다. 운하 주변의 골풀 사이에는 꽃들이 피어고, 싱그러운 나무들도 우뚝 서 있었다. 거대한 바지선들이 검은 선체를 뒤로 한 채 태양을 향해 가고 배에 실린 작은 초록색 통들과 펄럭이는 색색의 깃발들이 나뭇잎을 배경으로 멋진 광경을 만들어냈다. 어쨌든 그곳은 넬로와 파트라슈가 충분히 즐길 만큼 푸르고 숨 쉴 공간이 많은 아름다운 곳이었다. 둘은 일이 끝나면 운하 옆의 무성한 풀숲에 몸을 파묻고 누워서 거대한 선박들이 바다 위를 떠다니는 것을 바라보곤 했다. 배가 실어다주는 상쾌한 바닷바람이 시골 여름의 꽃향기에 섞여 불어왔다.

하지만 겨울은 정말로 힘들었다. 뼈가 시리도록 추운 어둠 속에서 일어나야 했고 굶는 날도 많았다. 겨울밤의 오두막은 헛간과 다를 바가 없었다. 따뜻한 날에는 넝쿨들에 뒤덮여서 오두막도 꽤 예쁘게 보였다. 포도 넝쿨은 비록 열매는 맺지 못했지만, 꽃이 피어나고 추수를 하는 계절 내내 오두막을 정말 화사하게 초록으로 장식해주었다.

하지만 겨울에는 바람이 오두막의 흙벽 사이사이를 비집고 들어왔고, 포도 넝쿨도 잎이 다 떨어져 까맣게 말라붙었다. 헐벗은 땅은 아주 황량하고 음울했으며 때때로 집 바닥에 물이 찼다가 그대로 얼어버렸다. 겨울은 혹독했다. 눈이 오면 넬로의 작고 하얀 팔다리가 얼어붙었고, 파트라슈의 용감하고 지칠 줄 모르는 발도 얼음 조각에 상처를 입었다.

하지만 넬로와 파트라슈는 불평하는 법이 없었다. 넬로는 나막신을 신고 씩씩하게 걸었고, 파트라슈도 네 다리로 꽁꽁 얼어붙은 땅을 걸으면서 가죽 끈에 달린 방울을 딸랑딸랑 울렸다. 가끔 안트베르펜 거리의 한 아주머니는 둘에게 수프 한 그릇과 빵 한 조각을 주었다. 또 집으로 돌

아가는 길에는 친절한 상인이 난로에 넣을 장작을 작은 수레에 넣어주기도 했다. 마을로 돌아오면 이웃 아주머니가 배달할 우유를 조금 나눠주기도 했다. 그런 날이면 넬로와 파트라슈는 해가 일찍 떨어져서 어스름이 진 눈밭 위를 신나서 소리 지르며 집으로 밝고 행복하게 달려갔다.

그렇게 넬로와 파트라슈는 힘들지만 행복하게 잘 지냈다. 파트라슈가 큰길을 오가며 만난 많은 개들은 해가 뜰 때부터 질 때까지 수고를 한 대가로 매질과 욕을 얻어먹었다. 그런 개들은 발에 차이고 굶주리며 추위에 떨다가 주인에게 버림받고서야 그 고통에서 벗어났다. 그런 개들을 보면서 파트라슈는 세상에서 가장 공정하고 다정한 곳에 있다고 생각하며 자신의 운명에 깊이 감사했다. 물론 주린 배를 안고 잠자리에 들 때가 많았고 한여름의 **땡볕** 속에서, 살을 에는 동틀 무렵의 겨울 추위 속에서도 일을 해야 했다. 또한 울퉁불퉁하고 날카로운 길바닥에 부드러운 발바닥이 찢어지는 일도 많았다. 강한 체력을 가진 파트라슈도 점점 힘에 부쳤다. 하지만 언제나 감사하고 만족해하면서 매일 자신의 임무를 다했다. 자신을 내려다보는

 플랜더스의 겨울은 정말 춥고 혹독했지만
친절한 이웃들이 빵과 우유와 장작을 나눠주었다.
그런 날이면 넬로와 파트라슈는 눈밭 위를 신나서
소리 지르며 집으로 밝고 행복하게 달려갔다.

하루 종일 구름이 흘러갔고
　　　새들은 하늘을 날았으며 바람은 한숨을 쉬었다.
　　그리고 그 아래에 루벤스가 잠들어 있었다.

사랑스러운 미소만 있으면 그것으로 충분했다.

하지만 파트라슈에게도 고민이 하나 있었다. 다 아는 얘기지만 안트베르펜에는 웅장한 석조 건물이 있었다. 구불구불한 골목과 선술집, 그 길목 사이사이 그리고 강가에도 유서 깊고 장엄한 그 잿빛 건물의 기운이 흘렀다. 종소리가 건물 위로 하늘 높이 울려 퍼졌고, 이따금 아치형 문밖으로 커다란 음악 소리가 흘러나왔다. 불결하고 복잡하며, 북적대고 사랑스럽지 못한 곳, 장삿속만 챙기는 그 세속의 한가운데에 과거의 거대한 옛 성지가 오롯이 서 있었다. 그 성지 위로 하루 종일 구름이 흘러갔고 새들은 하늘을 날았으며 바람은 한숨을 쉬었다. 그리고 그 석조 건물 아래에 루벤스가 잠들어 있었다.

그 위대한 거장은 여전히 안트베르펜에 '숨 쉬고' 있었다. 좁은 골목길을 돌 때마다 루벤스의 영광이 곳곳에 스며 있어서 초라한 모든 것이 장엄하게 변했다. 구불구불한 길을, 잔잔한 물가를, 왁자지껄한 거리를 천천히 걷노라면, 루벤스의 눈에 비쳤던 모든 곳에 그의 아름다운 정신이 깃들어 있었다. 한때 루벤스의 발아래 놓여 있던, 그의 그림

자를 품었던 돌들이 깨어나 살아 있는 목소리로 루벤스에 대해 이야기하는 것 같았다.

루벤스가 잠들어 있는 그 도시는 루벤스를 통해, 루벤스 때문에 여전히 사람들 사이에 살아 있었다. 루벤스가 잠든 웅장한 하얀 대리석 무덤은 아주 고요했다. 오르간 연주가 울려 퍼지고 성가대가 '여왕이시여, 사랑이 넘치는 어머니'나 '주여, 우리를 불쌍히 여기소서'를 합창할 때 외에는 아주 조용했다. 루벤스의 고향 심장부에 있는 성 자크 성당의 순수한 대리석 무덤보다 더 훌륭한 묘석을 가진 예술가는 아무도 없을 것이다.

루벤스가 없다면 안트베르펜은 무슨 의미가 있을까? 지저분하고 음침하며 소란스러운 시장일 뿐으로, 부둣가의 장사치들이 아니면 아무도 거들떠보지 않을 곳이었다. 루벤스가 있었기에 온 세상 사람에게 안트베르펜은 성스러운 이름, 성스러운 땅, 예술의 신이 빛을 본 베들레헴이자, 예술의 신이 잠들어 있는 골고다가 되었다.

오, 세상의 모든 도시여! 그대의 위대한 사람들을 귀하게 여겨라. 그들을 통해 미래는 그대를 알게 되리라! 그

시대 플랜더스 사람들은 참 현명했다. 루벤스는 살아 있을 때에 플랜더스의 가장 위대한 자가 되어 도시를 빛냈고, 루벤스가 죽자 이번에는 플랜더스가 그의 이름을 칭송했다. 플랜더스처럼 이렇게 현명한 경우는 드물다.

그런데 바로 여기에 파트라슈의 고민이 있었다. 다닥다닥 붙어 있는 지붕 뒤로 웅장하게 솟아 있는, 위대하고도 어쩐지 음침하고 슬픈 석조 건물 안으로 넬로가 자주 들어가는 거였다. 넬로가 그 어두운 아치문으로 사라지면 길 위에 남겨진 파트라슈는 도대체 무엇이 절대 떨어질 수 없는 자신의 단짝을 꾀어냈는지 미치도록 궁금했다. 한두 번 파트라슈는 우유 수레를 끌고 달그락거리며 계단을 올라가서 그게 뭔지 직접 보려고 시도했다. 하지만 항상 은색 체인을 두르고 까만 옷을 입은 키 큰 관리인이 바로 내몰았다. 파트라슈는 어린 주인에게 문제가 생길까 봐 그냥 단념했고, 소년이 다시 나올 때까지 참을성 있게 성당 앞마당에서 기다렸다.

파트라슈는 넬로가 성당에 가는 것을 걱정하는 게 아니었다. 사람들이 성당에 다니는 것쯤은 파트라슈도 알고 있었다. 마을 사람들은 모두 붉은 풍차 맞은편에 있는 작고 허름한 회색 성당에 다녔다. 파트라슈가 걱정하는 것은 어린 넬로가 성당에서 나오면 항상 이상해 보인다는 사실이었다. 홍조를 띠고 있거나 아니면 창백했다. 성당에 들른 날이면 항상 아이는 집으로 돌아와서 조용히 앉아서 놀지도 않고 운하 너머의 노을 진 하늘을 바라보며 몽상에 잠겼다. 슬픈 표정으로 아주 착 가라앉아 있었다.

왜 그러는 것일까? 파트라슈는 궁금했다. 어린아이가 그렇게 심각한 표정을 짓는 것은 자연스럽지 못하고 좋지 않다고 생각했다. 파트라슈는 말은 할 수 없었지만 넬로를 햇살 가득한 들판이나 활기찬 시장으로 데려가려고 나름대로 애썼다. 하지만 넬로는 성당으로만 가려 했다. 다른 곳보다 더 자주 넬로는 성모 대성당으로 갔다. 그래서 파트라슈는 캥탱 마시*가 만든 철문 근처의 돌바닥 위에 앉아서 기지개를 펴고 하품을 하고 한숨을 쉬었다. 가끔 늑대처럼 울부짖어 보았지만 소용없었다. 대성당 문을 닫는

---

* 플랜더스의 화가로 안트베르펜에서 사망했다.

성당에 들른 날이면 항상 아이는
집으로 돌아와서 운하 너머의
노을 진 하늘을 바라보며 몽상에 잠겼다.

파트라슈는 어린아이가 그렇게 심각한 표정을
짓는 것은 자연스럽지 못하다고 생각했다.

시간이 되어서야 넬로는 어쩔 수 없이 밖으로 나왔다. 그러면 파트라슈의 목을 껴안으며 넓은 황갈색 이마에 뽀뽀하고 항상 같은 말을 속삭였다.

"그걸 볼 수만 있다면, 파트라슈! 단 한 번만이라도 볼 수 있다면!"

그것이 도대체 무엇일까? 애석함과 안타까움이 담긴 커다란 눈으로 넬로를 올려다보며 파트라슈는 생각했다.

그러던 어느 날 관리인이 문을 살짝 열어놓은 채로 나갔다. 파트라슈는 작은 친구를 따라 들어가서 그것의 정체를 알게 되었다. '그것'은 성가대 양쪽에 걸린 그림으로, 커다란 휘장이 쳐져 있었다.

넬로는 〈성모 승천〉이라는 그림 앞에서 무릎을 꿇고 황홀경에 빠져 있다가, 파트라슈가 들어온 것을 눈치채고 일어나서 다정하게 개를 데리고 밖으로 나왔다. 아이의 얼굴은 눈물로 젖어 있었다. 아이는 휘장이 드리워진 그림 앞을 지나면서 그림을 올려다보고 친구에게 중얼거렸다.

"그림을 보여주지 않다니 정말 너무해, 파트라슈. 가난해서 돈을 내지 못한다고 해서! 그분이 저걸 그렸을 때

가난한 사람은 보지 못하게 할 생각은 전혀 없었을 거야. 그분은 우리가 어느 때라도 매일매일 볼 수 있게 하고 싶었을 텐데, 사람들이 그림을 가려놨어. 그 아름다운 것을 어둠 속에! 그림은 빛도 보지 못하고 어떤 눈길도 받지 못하고 오로지 부자들만 돈을 내고 보는 거야. 내가 만약 저 그림을 볼 수 있다면 죽어도 좋아."

하지만 아이는 그림을 볼 수 없었고 파트라슈도 도와줄 수 없었다. 〈십자가를 세움〉과 〈십자가에서 내려지는 그리스도〉라는 영광을 보려면 은화 한 냥이 필요했고, 넬로가 그 은화를 구하는 것은 성당의 첨탑 높이만큼이나 까마득한 일이었다. 그들에게는 여웃돈이 없었다. 난로에 넣을 약간의 장작과 냄비에 끓일 조금의 죽을 구하는 게 그들이 할 수 있는 최선이었다. 그래서 아이는 휘장에 가려진 루벤스의 위대한 두 작품을 보고 싶다는 끝없는 갈망에 마음이 쓰라렸다.

어린 아르덴 소년의 영혼은 예술에 대한 열정에 사로잡혀 들떴다. 태양이 떠오르기 전 이른 아침에, 사람들이 미처 일어나기도 전에 이 유서 깊은 도시를 걸어 다니며

커다란 개가 끄는 수레에 우유를 싣고 집집마다 배달하는 시골 소년 넬로는 루벤스가 신인 천국을 꿈꾸고 있었다. 춥고 배고프고 양말도 없이 나막신을 신은 넬로는, 겨울 바람이 머리카락 사이로 불어오고 낡고 얇은 옷을 들춰도 그 꿈속을 걷느라 힘든 줄 몰랐다. 그 꿈속에서 넬로는 아름답고 고결한 얼굴의 성모를 보고 있었다. 성모 마리아의 어깨에 드리운 금발 머리가 물결치고 영원한 태양이 이마를 비추고 있었다. 넬로는 가난했고 혹독한 운명에 시달렸으며, 글자도 배우지 못했고 사람들의 관심도 얻지 못했다. 그리고 그에 대한 보상인지 저주인지 모를, 천재의 능력을 타고났다.

아무도 그것을 몰랐다. 넬로는 그저 조그마한 어린 아이일 뿐이었다. 넬로 자신도 자신이 천재인지 몰랐다. 언제나 넬로와 같이 다니는 파트라슈만이 알았다. 파트라슈는 넬로가 숯으로 돌 위에 그린 그림이 생생하게 살아 숨 쉬는 것을 지켜보았다. 파트라슈는 조그마한 건초 침대 위에서 아이가 거장의 영혼을 향해 수줍게 올리는 애처로운 기도 소리를 들었다. 아이의 얼굴이 저녁노을

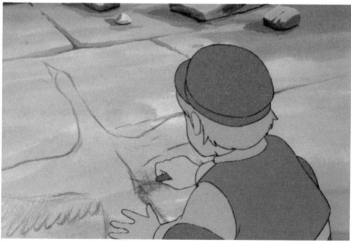

에 빛나고 새벽에 떠오르는 태양에 장밋빛으로 물들 때 그 눈빛이 어두워지는 것도 보았다. 어린아이의 밝은 눈에서 떨어지는 이상하고 알 수 없는, 고통과 환희가 함께 섞인 뜨거운 눈물이 자신의 주름진 누런 이마 위로 떨어지는 것을 수없이 느꼈다.

예한 다스 할아버지는 침대에 누워 하루에도 몇 번씩 그런 이야기를 했다.

"넬로, 네가 자라서 이 오두막과 작은 땅을 가지고 스스로 밭을 일구고 이웃들이 너를 '나리'라고 부른다면 죽어도 여한이 없겠구나."

작은 마을에서 나리라고 불리며 약간의 땅을 가지는 것은 플랜더스 농부가 이룰 수 있는 가장 큰 꿈이었다. 한 곳에서 만족하며 겸손하게 살다가 죽는 것, 그것이 젊었을 때 온 세상을 누비다가 빈손으로 돌아온 늙은 군인이 사랑하는 어린 손자에게 바라는 가장 좋은 삶이었다. 하지만 넬로는 아무 말도 하지 않았다.

그 옛날 루벤스, 요르단스, 반 에이크 같은 훌륭한 화가를 낳은 힘이 넬로 안에 있었다. 더 가까운 시대를 보면,

디종의 오래된 절벽을 만들어낸 뫼즈강이 흐르는 아르덴의 푸른 땅에서 파트로클로스*를 그린 위대한 화가**를 낳은 기운이 넬로 안에 있었다. 물론 그 위대한 화가의 천재성은 우리 시대와 너무 가까워서 그 신성함을 옳게 판단하기가 어렵지만 말이다.

넬로는 조금 다른 미래를 꿈꿨다. 조그만 땅을 경작하고 윗가지 지붕 아래 살면서, 자기보다 조금 더 가난하거나 조금 덜 가난한 이웃들에게 나리라고 불리며 살고 싶지 않았다. 붉은 저녁노을 아래 서 있는 대성당의 첨탑이 자신에게 다른 삶이 있다고 말하는 것 같았다. 안개 낀 어스름한 잿빛 아침에 들판 너머에 솟아 있는 첨탑의 모습이 다른 삶을 이야기했다.

하지만 넬로는 이런 이야기를 오직 파트라슈에게만 했다. 새벽이 밝아오고 안개를 뚫고 함께 일하러 나갈 때나 강가의 바스락대는 수풀 속에 누워서 쉴 때, 넬로는 파트라슈의 귀에 자신의 소망을 천진하게 속삭였다.

---

* 트로이 전쟁 이야기 속 비극적 인물로, 아킬레우스의 절친한 친구다.
** 자크 다비드(Jacques Louis David)를 가리킨다.

그런 꿈은 말을 꺼내기도 어렵고 듣는 사람에게 공감을 얻기도 쉽지 않았다. 그런 말은 아파서 집에 누워 있는 가난하고 늙은 할아버지를 몹시 당황하고 걱정하게 할 뿐이었다. 할아버지에게는 안트베르펜 거리를 터덜터덜 거닐다가 푼돈으로 흑맥주 한 잔을 마시던 술집 벽에 파랗고 빨갛게 덕지덕지 칠해진 성모 마리아 그림이나, 많은 사람들이 태양이 비치는 멀고 먼 땅에서 플랜더스까지 일부러 찾아와서 보려고 하는 유명한 제단화나 마찬가지였다.

새벽이 밝아오고 안개를 뚫고 함께 일하러 나갈 때나
강가의 바스락대는 수풀 속에 누워서 쉴 때

넬로는 파트라슈의 귀에
자신의 소망을 천진하게 속삭였다.

파트라슈 말고 넬로가 자신의 대담한 꿈을 말할 수 있는 사람이 또 한 명 있었다. 풀이 무성한 언덕 위의 빨간 풍차 방앗간에 사는 소녀 알루아였다. 방앗간 주인인 알루아의 아빠는 마을에서 제일가는 농부였다. 어린 알루아는 동그란 얼굴에 발그레한 볼, 달콤한 검은 눈을 가진 귀여운 소녀였다. 스페인 통치기를 거치면서 수많은 플랜더스 사람들이 알루아와 같은 검은 눈을 갖게 되었다. 알바 총독*이 플랜더스를 지배할 때, 스페인 미술의 영향으로 곳곳에 장엄한 궁전과 위풍당당한 거리, 금박을 입힌 건물의 문을 남긴 것처럼 말이다. 그렇게 조각된 상인방의 문장마다 역사가 새겨져 있었고 돌 하나하나에 시가 깃들어 있었다.

알루아는 자주 넬로와 파트라슈와 함께 놀았다. 들판에서 뛰놀고 눈밭을 달렸으며, 데이지와 월귤을 모으고 오래된 잿빛 성당도 함께 갔다. 그리고 종종 방앗간의 커다

란 모닥불 앞에 다 같이 앉아 있었다. 알루아는 마을에서 제일가는 부잣집 아이였다. 형제도 자매도 없었다. 알루아의 파란 모직 드레스는 구멍이 난 적이 없었다. 축제날이면 손에 한가득 금박 포장지로 싼 견과류와 설탕 과자를 받았다. 첫영성체 때는 곱슬곱슬한 아마빛 머리에 최고급 자수 레이스 모자를 썼다. 그 모자는 할머니에게서 엄마로, 엄마에게서 딸로 대대로 내려온 거였다. 알루아는 겨우 열두 살이었지만 사람들은 벌써 탐나는 며느릿감이라고 생각했다. 하지만 알루아는 자신이 물려받게 될 재산에 대해 모르는 명랑하고 순진한 아이였고, 넬로와 파트라슈보다 더 사랑하는 친구는 없었다.

알루아의 아버지 코제 씨는 좋은 사람이지만 고지식하고 엄격했다. 어느 날 코제 씨는 풍차 뒤로 펼쳐진 너른 초원에서 그 어여쁜 아이들을 보았다. 그날은 마침 풀을 벤 날이었다. 자신의 외동딸이 무릎에 커다란 황갈색 개 파트라슈의 머리를 누이고 풀숲에 앉아 있었다. 둘의 목에는 파란 수레국화와 양귀비로 만든 화환도 걸려 있었다. 그 앞에서 넬로가 깨끗하고 매끈한 송판 위에 숯으로 둘을 그리고

있었다.

방앗간 주인은 우두커니 서서 그 초상화를 보다가 눈물이 차올랐다. 그 그림은 정말 아끼고 사랑하는 외동딸과 놀랍도록 꼭 닮아 있었다. 그러나 그는 안에서 엄마를 돕지 않고 빈둥댄다며 아이를 심하게 꾸짖고, 무서워서 우는 딸아이를 집 안으로 들여보냈다. 그런 다음 몸을 돌려 넬로의 손에서 송판을 잡아챘다.

"바보 같은 짓은 많이 했느냐?"

코제 씨는 떨리는 목소리로 물었다.

"눈에 보이는 대로 그렸을 뿐이에요."

넬로는 얼굴이 빨개져서 머리를 숙이고 중얼거렸다.

코제 씨는 잠시 말이 없다가 불쑥 1프랑을 내밀었다.

"바보 같구나. 시간 낭비야. 그렇기는 하지만 그림이 알루아와 닮았구나. 아이 엄마가 좋아하겠군. 이 은화를 줄 테니 그림을 내게 다오."

어린 아르덴 소년의 얼굴이 어두워졌다. 소년은 손을 등 뒤로 감추고 고개를 들었다.

"돈은 됐어요. 그림은 그냥 가지세요, 코제 나리. 나리

는 제게 잘해주셨잖아요.”

소년은 순순히 그렇게 말하고 파트라슈를 불러 들판을 가로질러갔다.

“저 돈이면 그림을 볼 수 있을 텐데. 하지만 그림을 볼 수 있다 해도 알루아의 그림을 팔 수는 없어.”

넬로가 파트라슈에게 속삭였다.

한편 방앗간으로 들어간 코제 씨는 마음이 불편해져서 그날 밤 아내에게 말했다.

“그 녀석을 알루아와 놀지 못하게 해. 앞으로 문제가 생길 거야. 그 녀석은 이제 열다섯이고, 알루아는 열두 살이라고. 게다가 그놈은 얼굴도 곱상하잖아.”

“그뿐인가요, 착하고 성실하기까지 하죠.”

아내는 송판 위에 그려진 그림을 흐뭇하게 바라보며 말했다. 그림은 참나무로 된 뻐꾸기시계와 납제 십자가와 함께 벽난로 위에 놓여 있었다.

“그래. 나도 아니라고는 못해.”

코제 씨가 주석 잔의 포도주를 들이켜며 말했다.

“그러면 당신이 생각하는 일이 일어난다 해도 크게 문

제가 될까요? 알루아는 두 사람이 먹고 살아도 충분할 만큼 많은 유산을 물려받을 텐데요. 행복보다 더 중요한 것은 없잖아요."

아내가 망설이며 물어보았다.

"당신은 여자라서 세상을 몰라. 그 녀석은 무가치한 거지일 뿐이야. 게다가 그림쟁이가 꿈이라니 거지보다 더하지! 앞으로는 둘이 함께 있지 않게 신경 쓰도록 해. 아니면 내가 알루아를 수녀원에 보내버리겠어."

코제 씨가 담배 파이프를 식탁 위에 거칠게 내려치며
말했다.

불쌍한 알루아의 어머니는 겁에 질려서 남편의 뜻을
따르겠다고 약속했다. 하지만 엄마가 나서서 딸아이의 가
장 친한 친구를 떼어낼 수도 없었고, 코제 씨도 가난하다는
것 말고는 아무런 죄도 없는 어린아이에게 그렇게 모질게
굴 생각도 없었다. 그래도 알루아를 가장 친한 친구와 멀어
지게 할 방법은 많았다.

"안 돼, 알루아. 아버지를 화나게 하지 마.
네가 나와 함께 있는 걸 좋아하지 않으셔."

"넌 날 사랑하지 않는구나."

자존심 강하고 조용하고 섬세한 넬로는 금방 상처 받았고, 파트라슈와 함께 틈만 나면 놀러 가던 오래된 빨간 풍차 방앗간이 있는 언덕에 발길을 끊어버렸다. 자신이 무슨 잘못을 했는지 도저히 알 수 없었다. 넬로는 초원에서 알루아의 초상화를 그린 일로 코제 나리가 화난 것 같다고 추측할 뿐이었다.

그래서 알루아가 넬로를 보고 반갑게 달려와 손을 잡자, 미소를 지으며 아주 슬프고 다정한 목소리로 말했다. 자신보다 알루아를 걱정하는 마음에서였다.

"안 돼, 알루아. 아버지를 화나게 하지 마. 너희 아버지는 네가 나 때문에 일하지 않고 빈둥거린다고 생각하셔. 그리고 네가 나와 함께 있는 걸 좋아하지 않으셔. 너희 아버지는 좋은 사람이고 너를 정말 사랑하시니까 화나게 하지 말자, 알루아."

넬로는 그렇게 말하고 나니 가슴이 미어졌다. 해가 뜨고 집을 나서서 포플러 아래로 쭉 뻗은 길을 파트라슈와 함께 걸어도 예전처럼 세상이 환해 보이지 않았다. 오래된 빨간 풍차 방앗간은 그동안 넬로에게 하나의 이정표였

A Day of Flanders

다. 넬로는 항상 그곳을 지날 때면 멈춰 서서 그 집 사람들과 반갑게 인사를 했고, 알루아는 고운 금발 머리를 방앗간 쪽문으로 내밀고 작은 분홍색 손으로 파트라슈를 위한 뼈다귀나 빵 조각을 내밀었다. 이제 파트라슈는 닫힌 문을 애처롭게 바라봤고, 넬로는 심장을 찌르는 듯한 아픔을 느끼며 집 앞을 서둘러 지나갔다. 알루아는 집 안에서 난로 옆 작은 의자에 앉아서 뜨개질감 위로 눈물을 뚝뚝 떨어뜨렸다.

코제 씨는 자루를 나르고 방앗간 기계를 돌리면서 마음을 다잡고 혼잣말했다.

"이게 최선이야. 그 녀석은 거지일 뿐이야. 빈둥대면서 말도 안 되는 꿈이나 꾸고 있잖아. 그냥 뒀다가 나중에 무슨 일이 생길지 누가 알아?"

코제 씨는 세상 돌아가는 이치를 잘 알았다. 그는 넬로를 떼어놓기 위해 문을 단단히 닫아걸었고, 어쩔 수 없는 경우에만 형식적으로 문을 열었다. 아이들에게 코제 씨의 그런 행동은 매몰차고 야박해보였다. 그전까지 두 아이는 파트라슈와 함께 매일 즐겁게, 전혀 거리낌 없이, 행

복하게 인사를 나누고, 이야기하고 놀았다. 누구의 간섭도 없이 뛰어놀고 이야기하며 공상을 펼쳤다. 사람의 기분을 금방 눈치채는 파트라슈는 아이들의 기분에 따라 목에 달린 황동 방울을 영리하게 흔들어주곤 했다.

그래도 넬로의 작은 송판은 여전히 뻐꾸기시계와 납제 십자가상과 함께 부엌의 벽난로 위에 걸려 있었다. 넬로는 코제 씨가 자신이 준 선물은 거절하지 않았으면서 그렇게 냉대를 하자 너무 가혹하다고 생각했다. 하지만 불평하지 않았다. 불평하지 않는 건 그의 천성이었다. 예한 다스 할아버지는 항상 손자에게 말했다.

"우리는 가난하단다. 신이 준 대로 받아들여야 해. 힘들어도 받아들여야지. 가난한 사람은 선택할 수 없단다."

넬로는 존경하는 할아버지의 말을 항상 묵묵히 새겨들었다. 그렇지만 천재인 그 아이를 이끄는 어떤 희미한, 달콤한 희망이 가슴에서 속삭였다.

"가난한 사람도 때로는 선택할 수 있단다. 그 누구도 부정할 수 없는 훌륭한 사람이 될 수 있어."

순수한 넬로는 여전히 그렇게 생각했다.

그러던 어느 날, 알루아가 운하 옆의 옥수수밭 사이에 혼자 있다가 우연히 넬로를 보았다. 알루아는 한달음에 달려와 애처롭게 울었다. 왜냐하면 내일은 알루아의 영명축일*이기 때문이었다. 매년 부모님은 영명축일에 알루아의 친구들을 불러서 널따란 헛간에서 함께 뛰어놀게 하고 맛있는 저녁도 차려주었다. 그런데 이번 축일에 부모님은 넬로를 초대하지 않았다. 넬로는 알루아에게 뽀뽀해주며 단호한 목소리로 속삭였다.

"언젠간 달라질 거야, 알루아. 언젠간 너희 아버지가 가져간 나의 작은 송판이 그만큼의 은과 맞먹는 가치를 가지게 될 거야. 그러면 나리도 더는 내 앞에서 문을 닫아버리지 않으실 거야. 항상 나를 사랑해줘, 작은 알루아. 항상 날 사랑해준다면 난 훌륭한 사람이 될 거야."

"내가 너를 사랑하지 않는다면?"

어여쁜 소녀는 울다 말고 애교 섞인 투정을 담아 입술을 삐죽 내밀고 물었다. 하지만 넬로는 붉은색과 황금색으

* 가톨릭 신자가 자신의 세례명으로 택한 수호성인의 축일이다.

"언젠간 달라질 거야, 알우아.
　　　언젠간 너희 아버지가 가져간 나의 작은 송판이
　　그만큼의 은과 맞먹는 가치를 가지게 될 거야.

그러면 나리도 더는 내 앞에서 문을 닫아버리지
않으실 거야. 항상 나를 사랑해줘. 작은 알루아.
항상 날 사랑해준다면 난 훌륭한 사람이 될 거야."

로 물든 플랜더스의 밤하늘에 우뚝 솟아 있는 성모 대성당의 첨탑을 응시하고 있었다. 넬로의 얼굴에 떠오른 달콤하지만 슬픈 미소를 보고 어린 알루아는 경외심이 들었다. 넬로가 입을 열었다.

"네가 날 사랑하지 않더라도 난 그냥 훌륭한 사람이 될 거야. 훌륭해지거나 아니면 죽겠지. 알루아."

"넌 날 사랑하지 않는구나."

응석받이 어린아이가 넬로를 밀어내며 말했다. 넬로는 고개를 저으며 싱긋 웃고 키 큰 노란 밀밭 사이로 걸어갔다. 언젠가 멋진 미래가 오면 익숙한 고향으로 돌아와 알루아의 가족에게 환영받는 상상을 했다. 그때가 되면 알루아의 가족들도 거절하거나 부정하지 않고 영광으로 받아들일 것이다. 또 그때가 되면 마을 사람들도 모여들어 자신을 바라보며 이렇게 속삭일 것이다.

"저 사람 봤어? 왕이나 다름없어. 세상이 알아주는 훌륭한 예술가라니까. 옛날에 기르던 개가 도와줘서 겨우 먹고 살던 거지나 다름없었는데. 우리 마을에서 가장 가난한 넬로였는데 말이야."

넬로는 할아버지를 모피와 보라색 옷으로 감싸는 상상을 했다. 성 자크 성당의 성가족[*] 그림 같은 초상화도 그려드리고, 파트라슈의 목에 금목걸이를 걸어주며 오른쪽에 파트라슈를 앉히고 사람들에게 이렇게 말하는 모습도 상상해봤다.

"이 개는 제 유일한 친구였습니다."

또 대성당의 첨탑이 보이는 언덕에 화려한 정원이 있는 커다랗고 하얀 대리석 집을 짓고, 그 집에 가난하고 친구도 없지만 원대한 꿈을 가진 아이들을 살게 하는 상상을 했다. 그들이 자기 이름을 찬양하면 이렇게 말할 작정이었다.

"제게 감사할 필요는 없습니다. 루벤스에게 감사하십시오. 그가 없었다면 저도 없었을 테니까요."

넬로는 아름답고 불가능하며, 순수하고 자유롭고 이기심 없는 꿈을 꾸면서 행복하게 걸어갔다. 그 꿈은 자신의 영웅에 대한 찬사로 가득 차 있었다. 알루아의 영명축

---

[*]　아기 예수와 성모 마리아와 성 요셉을 말한다.

일처럼 슬픈 날에도 상상 속에서 행복할 수 있었다. 넬로
와 파트라슈가 어둠이 내려앉을 무렵 오두막에서 검고 딱
딱한 빵으로 식사하는 동안에, 마을의 모든 아이들은 방앗
간에 모여 노래하고 웃으면서 커다랗고 둥근 디종 케이크
와 브라반트의 아몬드 생강 빵을 먹었다. 그리고 별빛 아
래 플루트와 바이올린 소리를 들으면서 널따란 헛간에서
춤을 추었다.

저 멀리서 방앗간의 즐거운 소리가 밤공기를 타고 흘
러나오자, 넬로는 오두막의 문 앞에 앉아 파트라슈의 목을
껴안고 말했다.

"괜찮아, 파트라슈. 괜찮아. 조금씩 달라질 거야."

넬로는 미래를 믿었다. 하지만 넬로보다 경험도 많고 생각도 깊은 파트라슈는 젖과 꿀이 흐르는 미래에 대한 막연한 상상도 지금 이 순간 방앗간 집의 저녁 식사에 초대받지 못한 넬로의 슬픔을 위로해줄 수는 없다고 생각했다. 그래서 파트라슈는 그동안 코제 씨 댁을 지나갈 때마다 항상 으르렁댔다.

그날 밤 예한 다스 할아버지가 구석에 있는 삼베 자루로 된 침대에서 일어나며 물었다.

"오늘은 알루아의 영명축일 아니냐?"

"뭐가 문제냐? 넬로,
그 아이랑 다툰 거냐?"

"코제 나리가 이번에는
절 초대하지 않았어요.
요즘 저를 멀리하세요."

넬로는 맞다고 고개를 끄덕였다. 아이는 할아버지의 기억력이 가물가물하길 바랐지만 아주 정확했다.

"그런데 왜 거길 안 가고? 한 번도 빠진 적이 없었잖느냐, 넬로?"

할아버지가 물어보았다.

"할아버지가 아프셔서 그냥 갈 수가 없었어요."

넬로가 잘생긴 얼굴을 할아버지 침대 위로 기울이며 얼버무렸다.

"쯧쯧! 눌레테 수녀님을 부르면 되지. 자주 와주시지 않느냐. 뭐가 문제냐? 넬로, 그 아이랑 다툰 거냐?"

할아버지가 말했다.

"아뇨, 할아버지. 그럴 리가요."

넬로가 빨개진 얼굴을 재빨리 숙이며 말했다.

"사실은 코제 나리가 이번에는 절 초대하지 않았어요. 요즘 저를 멀리하세요."

"무슨 잘못이라도 했니?"

"잘못한 건 없는데……. 송판에 알루아의 초상화를 그렸을 뿐이에요. 그게 전부예요."

"아!"

할아버지가 입을 다물었다. 넬로의 순진한 대답에 모든 답이 들어 있었다. 할아버지는 흙으로 지은 오두막 한 구석의 마른 잎으로 된 침대 위에서 꼼짝도 못하는 신세였지만, 아직 세상이 어떻게 돌아가는지 완전히 잊어버리지는 않았다.

할아버지는 넬로의 금발 머리를 부드럽게 자기 가슴으로 끌어당겨 다정하게 안아주었다. 나이가 들어 떨리던 할아버지의 목소리가 더욱 떨렸다.

"가난해서 어떡하니, 우리 아가. 이렇게 가난해서 어쩌지……. 네게 너무 가혹하구나."

"아니에요. 전 부자예요."

넬로가 속삭였다.

넬로는 순진하게도 자신이 왕보다도 더 강한 불멸의 힘을 가진 부자라고 생각했다. 넬로는 조용한 가을밤 오두막 문간에 서서 별들이 무리 지어 지나가고, 커다란 포플러나무의 구부러진 가지가 바람에 흔들리는 것을 지켜보았다. 방앗간의 모든 여닫이창에 불이 켜졌다. 때때로 플루트의 선율이 들려왔다. 넬로의 뺨에 굵은 눈물이 흘러내렸다. 그래도 그는 미소 지으며 혼잣말했다.

"훗날에는!"

넬로는 온 세상이 조용해지고 어두워지기를 기다렸다가 파트라슈와 함께 집 안으로 들어와 그 옆에서 오랫동안 깊이 잠들었다.

"언젠간 달라질 거야. 알루아.
언젠간 너희 아버지가 가져간 나의 작은 송판이
은만큼의 가치를 가지게 될 거야."

"네가 날 사랑하지 않더라도
난 그냥 훌륭한 사람이 될 거야.
훌륭해지거나 아니면 죽겠지. 알루아."

이즈음 넬로와 파트라슈만 아는 비밀이 생겼다. 오두막에는 넬로 말고 아무도 들어가지 않는 헛간이 있었다. 음침하지만 북쪽으로 난 창으로 빛이 충분하게 들어오는 곳이었다. 여기서 넬로는 혼자서 울퉁불퉁한 나무토막으로 조잡하게 이젤을 만들어 놓고, 머릿속에서 떠오르는 수많은 상상 중의 하나를 넓은 바다처럼 쫙 펼쳐진 종이 위에 그렸다. 아무도 넬로에게 그림을 가르쳐주지 않았고 색색의 그림물감을 살 돈도 없었다. 넬로는 어설픈 그림 재료들이라도 구하느라 빵을 못 먹은 날도 많았고, 그나마도 하얀색과 검은색으로밖에 표현할 수 없었다.

넬로는 쓰러진 나무 위에 앉아 있는 노인을 목탄으로 그리고 있었다. 그게 다였다. 넬로는 미셸이라는 나이 든 나무꾼이 거의 매일 저녁 쓰러진 나무 그루터기 위에 앉아 있는 것을 보았다. 넬로에게 밑그림이나 원근감, 인체 비례나 명암에 대해 말해주는 사람은 없었다. 그래도 넬로는 지치고 녹초가 된 나이 든 남자를, 온갖 풍파를 겪은 남자의 얼굴을 독특한 분위기로 그려냈다. 그림 속 남자의 얼굴에는 수심 가득하면서도 인내와 인고의 세월을 지나온 표정이 어렸고, 죽은 나무 위에 앉아서 홀로 생각에 잠겨 있는 그 늙고 외로운 남자 뒤로 어둠이 내려앉았다. 그 모습은 넬로의 그림으로 한 편의 시가 되었다.

물론 대충 그린 듯 거친 부분도 있고 흠잡을 데도 많았다. 그래도 넬로의 그림은 사실적이었고 자연스러웠다. 진정한 예술이었고 애절했으며 아름다웠다.

파트라슈는 매일의 일상적인 노동 후에 넬로의 그림이 점점 발전해가는 것을 지켜보면서 아주 오랜 시간을 조용히 엎드려 기다렸다. 파트라슈는 헛된 꿈일 수도 있지만 넬로가 원대한 희망을 품고 있는 것을 알고 있었다.

넬로는 그 멋진 그림을 상금 200프랑이 걸린 대회에 출품하려고 했다. 매년 안트베르펜에서 열리는 그 미술 대회는 학생이든 소작농이든 상관없이 18세 이하의 재능 있는 청소년이라면 누구나 참가할 수 있었다. 다른 사람의 도움을 받지 않고 목탄이나 연필로 그림을 그려 제출하면 루벤스의 도시에서 가장 유명한 화가들이 심사하여 우승자를 뽑았다.

이른 봄부터 여름을 지나 가을이 오기까지 내내 넬로

오두막에는 넬로 말고 아무도 들어 가지 않는 헛간이 있었다.
여기서 넬로는 혼자서 울퉁불퉁한 나무토막으로
조잡하게 이젤을 만들어 놓고, 쓰러진 나무 위에
앉아 있는 노인을 목탄으로 그리고 있었다.

는 미술 대회에 그림을 출품하려고 공을 들였다. 만약 그림이 뽑힌다면 경제적으로 독립할 발판을 마련할 수 있었고, 열정만 가지고 맹목적으로 동경하던 예술의 세계에 첫발을 내디딜 수 있었다.

넬로는 아무에게도 말하지 않았다. 할아버지도 이해하지 못할 테고 알루아도 만날 수 없었다. 오직 파트라슈에게만 모든 것을 말했다.

"루벤스 님이 내게 상을 주실 거야. 내가 출품한 줄 아신다면 말이야."

파트라슈도 그렇게 생각했다. 왜냐하면 루벤스는 개를 사랑했다. 그렇지 않다면 개를 그렇게 정교하게 정성들여 그렸을 리가 없었다. 그리고 파트라슈가 알기로 개를 사랑하는 사람은 항상 정이 많았다.

그림은 12월 1일까지 제출해야 했고, 심사 결과는 크리스마스이브인 24일에 나올 예정이었다. 그래서 우승자로 뽑히면 가족, 친지들의 축하를 받으면서 크리스마스를 즐길 수 있었다.

매서운 어느 겨울 새벽, 넬로는 희망으로 가득 찼다가

두려움에 질렸다가 하면서 두근거리는 가슴으로 위대한 자신의 그림을 작은 초록색 수레에 실었다. 그리고 파트라슈의 도움을 받아 도시로 가져가서 명시된 대로 공회당 문 앞에 가져다 놓았다.

"아마 아무 소용없을지도 몰라. 내가 어떻게 알겠어?"

갑자기 자신감을 잃은 넬로는 심장이 조여 왔다. 막상 그림을 두고 오니까 무모하고 쓸데없고 바보 같은 꿈을 꾼 것만 같았다. 맨발에 자기 이름도 겨우 쓰는 어린 소년의 그림을 위대한 화가, 진짜 예술가가 쳐다보기나 할까. 하지만 성모 대성당을 지나면서 다시 용기가 솟았다. 안개와 어둠 속에서 루벤스의 위풍당당한 형체가 눈앞에서 솟아올라 그 장려함을 보여주는 것 같았다. 그는 입가에 다정한 미소를 띠고 이렇게 속삭이는 듯했다.

"용기를 내렴! 내 이름을 안트베르펜에 떨칠 수 있었던 것은 소심한 마음이나 두려움이 아니란다."

마음이 한결 편해진 넬로는 차가운 밤공기를 헤치며 집으로 달려갔다. 넬로는 최선을 다했다. 나머지는 신의 뜻에 맡기자. 넬로는 버드나무와 포플러나무 사이에 있는

혹한의 추위는 특히 파트라슈에게 더 힘겨웠다.
　　세월이 흘러가면서, 넬로는 점점 힘센 소년으로 자랐지만
　　파트라슈는 점점 늙어갔다.

작은 잿빛 성당에서 배운 대로 순수하게 의문 없는 믿음으로 그렇게 생각했다.

벌써 겨울이 성큼 다가왔다. 그날 밤 넬로와 파트라슈가 오두막에 도착한 후부터 내리기 시작한 눈은 며칠 동안이나 계속 내렸다. 눈으로 들판의 모든 길과 밭두렁이 사라져버렸고, 작은 시냇물도 죄다 얼어버렸다. 추위가 들판을 뒤덮었다. 그래서 아직 세상이 어둠 속에 잠겨 있을 때, 어둡고 조용한 도시를 향해 우유를 배달하러 나가는 것은 더욱 고되었다.

특히 파트라슈에게 더 힘겨웠다. 세월이 흘러가면서 넬로는 점점 힘센 소년으로 자랐지만 파트라슈는 점점 늙어갔다. 파트라슈의 관절은 뻣뻣해졌고 자주 쑤셨다. 그래도 자신의 임무를 포기하려 하지 않았다. 넬로는 기꺼이 파트라슈의 자리에서 스스로 수레를 끌려고 했지만 파트라슈는 그렇게 놔두지 않았다. 파트라슈가 허락하고 받아들일 수 있는 일은 통나무를 넘어가거나 바퀴 자국이 난 채로 얼어버린 곳을 통과할 때 넬로가 뒤에서 밀어주는 정도였다.

　파트라슈는 넬로를 위해 멍에에 묶여 살아온 것을 자랑스럽게 생각했다. 파트라슈는 때때로 서리와 험한 길, 다리의 관절염 때문에 고통스러웠지만, 숨을 한번 고르고 탄탄한 목을 숙인 채 끈기 있게 꾸준히 앞으로 걸어나갔다.

　"파트라슈, 이제 그만 집에서 쉬어. 넌 쉴 때가 됐어. 수레는 내가 끌게."

　아침마다 넬로는 이렇게 이야기했다. 파트라슈는 넬로가 하는 말을 잘 이해했지만, 임무가 부르는데 가만히 있어야 하는 베테랑 군인처럼 집에 남아 있는 것을 싫어했다.

파트라슈는 매일 일어나면 멍에를 쓰고 들판에 쌓인 눈 위로 둥그런 네 개의 발자국을 남기며 터덜터덜 걸어갔다.

'죽을 때까지 쉬지 않겠어'

파트라슈는 그렇게 생각했다. 그리고 가끔씩 그날이 머지않았다고 느꼈다. 예전처럼 시력도 좋지 않고, 밤잠을 자고 나면 일어나기가 점점 힘들어졌지만, 대성당의 종이 5시를 치면 지푸라기 위에서 꾸물대지 않고 벌떡 일어났다.

예한 다스 할아버지는 항상 작은 빵 쪼가리를 나눠주던 쭈글쭈글한 손을 뻗어 파트라슈의 머리를 쓰다듬어주며 말했다.

"가여운 파트라슈, 너와 내가 함께 가만히 누워서 설 날이 그리 머지않았구나."

나이 든 개와 노인의 마음은 같은 생각으로 아려왔다. 우리가 가고 나면 누가 사랑스러운 넬로를 돌봐줄까?

어느 날 오후, 넬로와 파트라슈가 눈을 밟으며 안트베르펜에서 돌아오는 길이었다. 대리석처럼 단단하고 미끄럽게 얼어버린 플랜더스 평원을 지나던 둘은 탬버린을 치는 모양의 작은 꼭두각시 인형을 주웠다. 빨간색과 금색으로 되어 있었고 15센티미터쯤 되는 인형이었다. 운명의 여신이 위대한 인간의 손을 놓아버렸을 때는 만신창이가 되는데, 인형은 망가지거나 흠집 난 곳이 하나도 없었다. 예쁜 인형이었다. 넬로는 주인을 찾으려 했지만 찾지 못했고, 문득 알루아에게 주면 좋아하겠다고 생각했다.

넬로가 방앗간을 지나갈 무렵엔 조용한 밤이었다. 넬로는 알루아 방의 작은 창문을 알고 있었다. 길에서 주운 작은 인형을 소꿉동무였던 알루아에게 준다 해도 별로 잘못된 일은 아니라고 생각했다. 알루아의 방은 헛간 지붕 위에 있었다. 넬로는 헛간 지붕으로 올라가 조용히 덧창을 두드렸다. 안쪽에서 옅은 빛이 흘러나왔다. 알루아가 창문을 열고 반쯤 겁에 질려 내다보았다. 넬로가 탬버린 치는 인형을 알루아의 손에 놓으며 속삭였다.

"눈 속에서 주웠어, 알루아. 가져. 신의 가호가 있길!"

넬로는 알루아가 고맙다는 말도 하기 전에 헛간 지붕에서 내려와서 어둠 속으로 달려갔다.

그런데 그날 밤 방앗간에 불이 났다. 별채와 많은 곡물이 불에 탔다. 그래도 방앗간과 사람들이 살고 있는 본채는 타지 않았다. 마을 사람들 모두 깜짝 놀랐다. 안트베르펜에서 눈을 헤치고 소방차가 왔다. 방앗간 주인인 코제 씨는 보험을 들어놓아서 손해 본 것은 없었다. 그래도 그는 몹시 화를 내며 불이 난 것은 사고가 아니고 누군가 악의를 가지고 한 일이라고 딱 잘라 말했다.

넬로는 잠을 자다가 깨서 다른 사람들과 함께 도우러 달려갔다. 하지만 코제 씨는 화를 내며 넬로를 한쪽으로 밀치고 거칠게 말했다.

"네놈이 어두워진 뒤에 이곳을 돌아다녔지? 내 영혼을 걸고 말하는데, 너 자신이 알겠지? 왜 여기에 불이 났

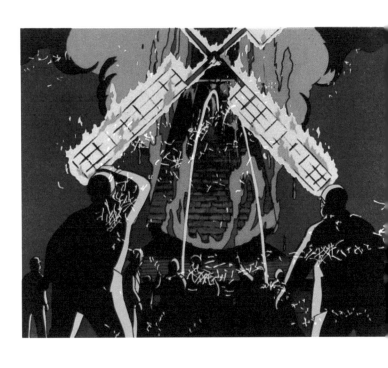

는지 말이야."

넬로는 영문을 모르겠다는 표정으로 가만히 그 말을 듣고 있었다. 코제 씨가 진심으로 하는 말이라고는 생각지도 못했다. 이런 상황에서 그런 농담을 할 사람은 더 없을 텐데 미처 그런 생각할 겨를도 없이 그저 듣고만 있었다.

그러자 코제 씨는 그 다음 날 그 잔인한 말을 이웃들이 모여 있는 자리에서 또다시 했다. 사람들은 넬로 짓이라고 생각하지 않았지만, 그날 해가 진 후에 방앗간 주변에서 넬로를 봤다느니, 코제 나리가 알루아와 만나는 것을 금지해서 넬로가 원한을 품었다느니 하는 소문이 돌았다.

작은 마을 사람들은 언젠가 알루아의 재산이 자신의 아들 것이 되리라는 희망을 품고, 비열하게 제일 부자인 지주의 말을 따르고 눈치를 봤다. 그래서 예한 다스 할아버지의 손자에게 엄한 눈길과 차가운 말을 쏟아부었다. 아무도 넬로에게 말을 걸지 않았다. 마을 사람들 모두 똘똘 뭉쳐서 방앗간 주인의 말에 장단을 맞추었다. 매일 아침 넬로와 파트라슈가 안트베르펜으로 가져갈 우유를 받으

러 가던 오두막과 농장에서, 환한 미소와 반가운 인사 대신 눈을 내리깐 채 짤막한 지시사항만 내뱉었다.

　방앗간 주인의 말도 안 되는 의심이나 마을에 떠도는 터무니없는 소문을 정말로 믿는 사람은 아무도 없었다. 하지만 그들은 모두 가난했고 무지했다. 마을에서 제일가는 부자가 넬로를 적대시하는 게 분명한 상황이었다. 넬로에게는 자기편도 없었고 그저 순진하기만 했다. 마을 사람들의 이런 분위기를 바꿀 힘이 없었다.

　"당신, 그 아이에게 너무하셨어요. 넬로는 순진하고 성실한 아이예요. 아무리 마음에 상처를 입어도 악한 짓 같은 건 꿈도 못 꿀 아이죠."

　방앗간 주인의 아내가 용기를 내 남편에게 울면서 말을 꺼냈다. 하지만 코제 씨는 고집 센 사람이었다. 속으로는 자신이 한 일이 부당하다는 것을 알았지만 한번 꺼낸 말을 바꾸기 싫었다.

　넬로는 사람들이 주는 상처를 묵묵히 견뎌냈다. 긍지를 갖고 인내했고, 무시당해도 불평하지 않았다. 넬로는 늙은 파트라슈와 단둘이 조용히 있을 때만 마음을 보였다.

넬로는 사람들이 주는
상처를 묵묵히 견뎌냈다.
긍지를 갖고 인내했고
무시당해도 불평하지 않았다.

"대회에서 우승하면! 아마 사람들도 미안해하겠지."

넬로는 채 열여섯도 되지 않은 소년이었다. 그 짧은 인생 동안 작은 마을 안에 살면서 마을 사람들의 보살핌과 응원을 받으며 어린 시절을 보냈다. 그런데 그 작은 세상 전체가 아무 잘못도 없는 그에게 등을 돌렸다. 어린 넬로가 견디기에는 힘겨운 일이었다. 특히 눈이 쌓여서 먹을 것도 없는 황량한 겨울에 빛과 따뜻함을 찾을 수 있는 유일한 곳은 마을의 난로와 이웃들의 따뜻한 인사뿐이었기에 더욱 힘겨웠다. 겨울은 모든 마을 사람들이 서로 가까워지는 계절이었지만, 넬로와 파트라슈에게는 아니었다. 이제 아무도 그들 곁에 있어주려 하지 않았다.

넬로와 파트라슈는 병환으로 침대에 누워 있는 할아버지와 작은 오두막에서 외따로 떨어져 살아가야 했다. 게다가 불도 겨우 떼고 식탁에 빵도 없는 날이 더 늘어났다. 왜냐하면 안트베르펜에서 나귀를 끌고 온 장사꾼이 여러 농장에서 우유를 사들였기 때문이다. 겨우 서너 집만 그 장사꾼에게 우유를 팔지 않고 여전히 넬로의 작은 초록색 수레에 맡겼다. 그래서 파트라슈가 끌어야 하는 짐은 아주 가벼워졌지만, 넬로의 지갑으로 들어오는 동전도 아주 가벼워졌다.

파트라슈는 항상 하던 대로 우유를 받던 익숙한 모든 집 앞에 멈춰 서서 굳게 닫힌 문을 애처롭게 말없이 바라보았다. 문도 닫고 마음도 닫은 이웃들은 가슴이 아팠지만, 파트라슈가 다시 빈 수레를 끌고 가게 그냥 놔두었다. 그들은 코제 씨의 눈치를 보느라 그렇게 했다.

크리스마스가 가까워졌다.

날씨는 아주 험하고 추워졌다. 눈이 어른 키보다 높이 쌓였고, 운하의 얼음은 단단하게 얼어서 황소나 사람이 올라서도 될 정도였다. 이맘때 작은 마을은 항상 즐겁고 흥겨웠다. 제일 가난한 사람 집에도 우유와 술과 케이크, 설탕으로 만든 성자상과 금박을 입힌 예수상이 있었고, 농담을 하고 춤을 추었다. 어디서나 플랜더스 말의 목에 달린 종이 명랑하게 울렸다. 어느 집이나 냄비에 죽이 가득 차서 보글거렸고 난로에서 연기가 피어올랐다. 눈길 위에는 어디에서나 처녀들이 웃고 재잘거리며, 밝은 스카프로 머리를 싼 채 두텁고 긴 상의를 입고 미사를 다녔다. 오직 작

겨울은 모든 마을 사람들이 서로 가까워지는
계절이었지만, 넬로와 파트라슈에게는 아니었다.
문도 닫고 마음도 닫은 이웃들은
파트라슈가 빈 수레를 끌고 가게 그냥 놔두었다.

은 오두막 하나만 아주 을씨년스럽고 너무 추웠다.

넬로와 파트라슈는 이제 완전히 단둘이 남겨졌다. 크리스마스가 며칠 남지 않은 어느 날 밤, 오두막을 찾아온 죽음이 가난과 고통 속에서 살아온 예한 다스 할아버지의 생명을 영원히 가져간 것이다. 할아버지는 아주 오래전부터 손을 조금 움직이는 것 말고는 전혀 움직이지 못했고, 다정한 말을 하는 것 말고는 아무 힘도 없었다. 그래도 할아버지의 죽음은 남은 둘에게 크나큰 충격이었다. 넬로와 파트라슈는 할아버지를 위해 슬피 울었다.

할아버지는 잠자는 동안 둘을 떠났다. 잿빛 하늘이 밝아오고 나서야 넬로와 파트라슈는 할아버지가 돌아가신 걸 알았고, 말할 수 없는 고독과 적막감에 휩싸였다. 할아버지는 가난했고 힘도 없었으며 손 하나 들지 못해 둘을 지켜줄 수도 없었다. 그래도 할아버지는 온 마음을 다해 둘을 사랑해주었다. 집에 돌아오면 언제나 웃는 얼굴로 맞아주었다.

넬로와 파트라슈는 한없는 슬픔에 잠겼고 그 무엇도 둘을 위로해줄 수 없었다. 하얀 눈이 내린 어느 겨울날, 할

아버지의 전나무 관은 작은 회색 성당의 이름 없는 무덤으로 갔다. 세상에 친구 하나 없이 남겨진 어린 소년과 늙은 개가 유일한 조문객이었다.

방앗간 주인의 아내는 난롯가에서 담배를 태우는 남편을 힐끗 보면서 생각했다.

'이제 좀 누그러졌나 모르겠네. 그 불쌍한 아이가 집에 드나들어도 된다고 하려나.'

코제 씨는 아내가 무슨 생각을 하는지 알았지만 마음을 단단히 먹고는, 작고 소박한 장례 행렬이 지나갈 때 문을 조금도 열어두지 않았다.

"그 애는 거지야. 알루아에게 어울리지 않아."

코제 씨는 혼잣말했다.

아내는 감히 말 한마디 꺼내지 못했지만 관이 묻히고 조문객들이 돌아간 후 알루아의 손에 작은 국화 화환을 쥐어주었다. 그리고 비석도 없이 까만 흙만 덮여 있을 예한 다스 할아버지의 무덤에 공손히 놓고 오라고 시켰다.

넬로와 파트라슈는 찢어지는 가슴을 부여잡고 집으로 돌아왔다. 초라하고 우울했으며 즐거운 일이라고는 없는 집은 둘에게 전혀 위로가 되지 못했다. 게다가 초라한 오두막은 한 달 치 월세가 밀려 있었다. 할아버지를 위한 슬픈 장례식을 끝내고 나니 넬로에게는 동전 한 푼도 남아 있지 않았다. 넬로는 오두막 주인인 구두장이에게 가서 자비를 베풀어달라고 애원했지만, 매주 일요일 밤마다 코제 씨와 함께 와인을 마시고 담배를 피우는 구두장이는 자비를 베풀어주지 않았다. 돈을 좋아하는 냉혹한 구두쇠인 그는 집세로 냄비와 주전자는 물론이고 나뭇조각 하나, 돌하나까지 놔두고 내일 당장 오두막을 비우라고 했다.

넬로와 파트라슈에게 이제 그 오두막은 별로 소중하지도 않았고 어떤 면에서는 비참하기도 했다. 하지만 애정을 쏟았던 집이었기에 마음이 아팠다. 그들은 그곳에서 행복했다. 여름에 넝쿨이 벽을 휘감고, 예쁜 강낭콩 꽃들과 함께 햇볕이 내리쬐는 들판 한가운데 서 있는 오두막은 꽤 예뻤다! 그곳에서 보낸 넬로와 파트라슈의 인생은 힘겨운 노동과 궁핍뿐이었지만, 그래도 만족하면서 즐겁게 살았고 언제나 그들을 반기는 할아버지의 환한 미소를 향해 오두막으로 달려가곤 했다!

"이제 가자, 파트라슈.
나의 파트라슈.
쫓겨날 때까지 기다리지 말자. 나가자."

　넬로와 파트라슈는 밤새도록 불기 없는 난로 옆에서
서로를 껴안고 앉아 체온과 슬픔을 나누었다. 몸도 추위에
얼얼했지만 마음은 더 꽁꽁 얼어붙어버렸다.

　눈 덮인 차디찬 땅 위로 아침이 밝아왔다. 크리스마스
이브의 아침이었다. 몸을 벌벌 떨면서 넬로는 그의 유일한
친구를 꽉 껴안았다. 뜨거운 눈물이 파트라슈의 충직한 얼
굴 위로 떨어졌다.

　넬로가 속삭였다.

　"이제 가자, 파트라슈. 나의 파트라슈. 쫓겨날 때까지
기다리지 말자. 나가자."

　넬로의 뜻은 곧 파트라슈의 뜻이었다. 둘은 슬픔에 잠
긴 채 오두막을 나왔다. 초라하지만 아끼고 사랑했던 모든
물건을 소중했던 조그마한 그 오두막에 두고서. 파트라슈
는 자신의 초록 수레 옆을 지나갈 때 힘없이 머리를 숙였

"파트라슈에게 빵 조각 좀 나눠주시겠어요?
　　나이도 많이 들었는데 어제 오후부터 아무것도 먹지 못했어요."

다. 이제는 파트라슈의 것이 아니었다. 수레도 집세에 보태기 위해 다른 것들과 함께 남겨두고 가야 했다. 눈 위에 놓인 파트라슈의 놋쇠 멍에가 반짝거렸다. 파트라슈는 심장이 아파서 멍에 옆에 엎드려 그대로 죽고 싶었지만 참고 지나갔다. 넬로가 아직 살아 있었고 파트라슈를 필요로 하니 포기할 수가 없었다.

둘은 안트베르펜으로 가는 익숙한 길을 걸었다. 아직 새벽이라 대부분의 덧문은 닫혀 있었지만 벌써 일어난 사람들도 있었다. 사람들은 넬로와 파트라슈가 지나가도 아무 관심도 보이지 않았다. 넬로가 어떤 집 앞에 멈춰 서서 애처롭게 집 안을 바라보았다. 할아버지와 이웃사촌이었고 도움을 많이 주던 친절한 집이었다.

"파트라슈에게 빵 조각 좀 나눠주시겠어요? 나이도 많이 들었는데 어제 오후부터 아무것도 먹지 못했어요."

넬로가 쭈뼛거리며 말했다. 하지만 이웃집 여자는 황급히 문을 닫으며 요즘에 밀과 호밀이 아주 귀하다고 중얼거렸다. 넬로와 파트라슈는 다시 힘없이 걸어갔다. 둘은 더는 구걸하지 않았다.

파트라슈는 심장이 아파서 멍에 옆에 엎드려
그대로 죽고 싶었지만 참고 걸었다.
넬로가 아직 살아 있었고
파트라슈를 필요로 하니 포기할 수가 없었다.

넬로와 파트라슈가 느릿느릿 힘겹게 안트베르펜에 도착했을 무렵 10시를 알리는 종이 울렸다.

'뭐라도 가진 것이 있으면 팔아서 파트라슈에게 빵을 사줬을 텐데!'

넬로는 생각했다. 하지만 넬로에게는 자기 몸을 덮고 있는 낡은 옷가지와 나막신 한 켤레밖에 없었다.

파트라슈는 자기에게 먹을 것을 주려고 고민하거나 불안해하지 말라고 아이의 손에 자기 코를 기도하듯 문었다.

정오에 그림 대회의 우승자 발표가 있었다. 넬로는 그의 보물을 놓아둔 공회당으로 갔다. 건물 계단과 입구에 그 또래나 더 나이 들어 보이는 소년들이 부모, 친척, 친지와 함께 모여 있었다. 넬로는 그 사람들 사이로 걸어가려니 두려움으로 기가 죽어서 파트라슈를 꽉 끌어안았다.

마침내 도시의 커다란 놋쇠 종들이 떠들썩하게 정오를 알렸다. 공회당 안쪽에서 문이 열렸고 흥분한 사람들이 안으로 우르르 몰려 들어갔다. 우승한 그림이 나무 연단 위에 걸려 있다고 했다.

"다 끝났어.
　　　사랑하는 파트라슈.
　　모든 게 끝나버렸어!"

갑자기 뿌연 안개가 넬로의 앞을 가렸고, 머리가 핑핑 돌고 팔다리에 힘이 쭉 빠졌다. 겨우 시야가 밝아지자, 저 높이 걸려 있는 그림이 눈에 들어왔다. 넬로의 그림이 아니었다! 낭랑하고 느릿한 목소리가 우승자는 안트베르펜 자치구 출신에, 그 지역 부두 주인의 아들인 스테판 키슬링이라고 외쳤다.

넬로가 다시 정신을 차려보니 그는 건물 밖 돌바닥에 누워 있었다. 파트라슈는 넬로의 정신을 차리게 하려고 이리저리 애쓰고 있었다. 멀리서 안트베르펜의 젊은이들이 우승한 친구의 이름을 소리 높여 부르며 환호를 퍼부었고, 부두에 있는 그의 집까지 호위하며 가고 있었다.

넬로는 휘청거리다가 품에 파트라슈를 끌어안으며 중얼거렸다.

"다 끝났어. 사랑하는 파트라슈, 모든 게 끝나버렸어!"

아무것도 먹지 못해 기력이 다한 넬로는 마지막 남은 힘을 짜내서 마을로 가는 길을 되짚어갔다. 배가 고프고 슬퍼서 힘이 빠진 나이 든 파트라슈도 아이 옆에서 머리를 수그린 채 걸어갔다.

눈이 펑펑 쏟아졌고, 살을 에는 듯한 폭풍이 북쪽에서 불어왔다. 평원의 추위는 죽음처럼 혹독했다. 익숙한 그 길을 그들은 한참이나 걸려서 갔다. 작은 마을에 도착했을 때 4시를 알리는 종이 울렸다. 갑자기 파트라슈가 눈 속에서 뭔가 냄새를 맡고 멈춰 섰다. 눈을 파헤치더니 낑낑거리며 이빨로 작은 갈색 가죽 지갑을 끌어냈다. 어둠 속에서 파트라슈가 넬로에게 그것을 들어 보였다. 둘이 서 있던 곳에는 작은 십자가상이 있었고, 희미한 등불이 십자가 밑을 밝히고 있었다. 넬로는 무심코 지갑을 불빛 아래로 가져갔다. 지갑에는 코제 씨의 이름이 쓰여 있었고 안에는 이천 프랑의 지폐가 들어 있었다.

큰돈을 본 소년은 정신이 번쩍 들었다. 넬로는 가죽 지갑을 셔츠에 집어넣고, 파트라슈를 다독여 앞으로 나갔다. 파트라슈는 넬로의 얼굴을 애처롭게 바라봤다.

"아저씨가 오기 전에 얼른 돌아가렴.
오늘 밤 우리에게 큰 문제가 생겼단다."

"아까 파트라슈가 그 돈을 발견했어요.
로제 나리께 말해주세요."

넬로는 곧장 방앗간으로 가서 문을 두드렸다. 방앗간 안주인이 울면서 문을 열어주었고 그 옆에는 알루아가 엄마의 치맛자락을 붙잡고 서 있었다.

안주인은 눈물에 젖은 얼굴로 다정하게 말했다.

"왔구나, 가여운 것. 아저씨가 오기 전에 얼른 돌아가렴. 오늘 밤 우리에게 큰 문제가 생겼단다. 아저씨가 말을 타고 집에 오는 길에 지갑을 흘려서 지금 찾으러 나갔단다. 이런 눈 속에서 결코 찾지 못할 거야. 신만이 아시겠지. 우린 망할 거야. 우리가 너한테 한 짓 때문에 하늘이 벌을 주시나 봐."

넬로는 지갑을 안주인의 손에 놓아주고 파트라슈를 집 안으로 불렀다.

"아까 파트라슈가 그 돈을 발견했어요. 코제 나리께 말해주세요. 그러면 이 늙은 개의 잠자리를 봐주고 음식도 주시겠죠. 파트라슈가 절 따라오지 못하게 해주세요. 부디 잘 보살펴주세요."

넬로는 방앗간 안주인이나 파트라슈가 자신의 말이 무슨 소리인지 알아채기도 전에 몸을 굽혀 파트라슈에게

입맞추고는 황급히 밖으로 뛰어나갔다. 그리고 눈발이 휘날리는 밤의 어둠 속으로 사라졌다.

어머니와 딸은 기쁨과 두려움으로 말문이 막힌 채 서 있었다. 파트라슈는 쇠 빗장이 걸린 참나무 문을 미친 듯이 박박 긁어댔다. 안주인과 소녀는 빗장을 열어서 파트라슈를 나가게 할 수 없었다. 그들은 파트라슈를 달래보려 했다. 파트라슈에게 달콤한 케이크와 육즙이 풍부한 고기를 주기도 하며 최선을 다해 파트라슈의 환심을 사려 했다. 하지만 따뜻한 난로 옆으로 오라고 아무리 불러도 소용없었다. 파트라슈는 안절부절못하면서 빗장이 걸린 문만 바라봤다.

방앗간 주인인 코제 씨가 6시가 다 돼서 지치고 절망적인 표정으로 반대편 문으로 들어왔다. 그는 흙빛 얼굴로 무뚝뚝하고 떨리는 목소리로 말했다.

"절대 못 찾을 거야. 등불을 들고 사방을 찾아봤지만 없어. 전 재산을 잃어버렸어. 알루아한테 물려줄 것까지도!"

아내는 지갑을 남편의 손에 쥐어주며 어떻게 된 일인

따뜻한 난로 옆으로 오라고 아무리 달래도 소용없었다.
파트라슈는 안절부절못하면서 빗장이 걸린 문만 바라봤다.

지 말해주었다. 완고하던 코제 씨가 덜덜 떨면서 주저앉아 두 손으로 얼굴을 감싸고 부끄럽다 못해 두려워하며 말했다.

"내가 그 애한테 얼마나 잔인하게 굴었는데. 난 그 애의 도움을 받을 자격이 없어!"

어린 알루아는 용기를 내서 아빠에게 다가가 곱슬거리는 금발 머리를 살며시 기대며 말했다.

"아빠, 넬로가 다시 여기 와도 돼요? 넬로가 언제나처럼 내일 여기 와도 될까요?"

방앗간 주인은 팔로 딸을 꼭 끌어안았다. 햇볕에 그을린 엄한 얼굴이 창백했다.

"당연하지. 되고말고. 크리스마스에 여기 와도 된단다. 넬로가 원한다면 언제라도. 하늘이 날 도왔구나. 그 애한테 보답해야지. 꼭 보답을 하마."

코제 씨가 떨리는 입술로 딸에게 대답했다.

알루아는 감사와 기쁨을 담아 아빠에게 키스하고 아빠의 무릎에서 내려왔다. 그리고 하염없이 문만 보고 있는 파트라슈에게 달려갔다. 소녀는 철없는 아이처럼 기쁨

에 겨워 외쳤다.

"오늘 밤 파트라슈를 위해 잔칫상을 차려도 되죠?"

"그래그래. 파트라슈에게 제일 좋은 것을 주거라."

마음속 깊이 감동을 받은 완고한 코제 씨가 머리를 끄덕이며 말했다.

크리스마스이브의 방앗간은 참나무 장작과 토탄, 크림과 꿀, 고기와 빵으로 가득했고, 서까래에는 상록수로 만든 화환이 걸려 있었다. 그리고 십자가상과 뻐꾸기시계는 호랑가시나무 사이로 튀어나와 있었다. 알루아를 위한 종이 등불과 다양한 옷을 입은 인형과 예쁜 포장지로 싸인 사탕절임도 있었다. 집 안 곳곳은 밝고 따뜻했으며 풍요로웠다. 아이는 즐겁게 파트라슈를 귀한 손님으로 대접했다.

하지만 파트라슈는 따뜻한 곳에 누우려고 하지 않고 흥겨운 분위기에 휩쓸리지도 않았다. 파트라슈는 배가 고파 죽을 지경이었고 아주 추웠지만 넬로 없이는 편하게 음식을 먹고 싶지 않았다. 어떤 유혹에도 파트라슈는 문 가까이에 앉아서 문만 쳐다보며 나가고 싶어 했다.

"주인이 보고 싶은가 보군. 착한 개야! 좋은 개군! 날

이 밝으면 바로 넬로에게 가보도록 하자."

코제 씨가 말했다.

파트라슈 말고는 아무도 넬로가 그 오두막을 떠난 것을 몰랐다. 파트라슈 말고는 아무도 넬로가 혼자 굶주린 채 외롭게 남겨진 것을 몰랐다.

방앗간의 부엌은 아주 훈훈했다. 난로 안에서는 커다란 통나무가 불꽃을 튀며 타닥거렸고 이웃들은 포도주 한 잔이나 크리스마스이브 저녁 만찬으로 요리한 통통한 거위 고기 한 조각을 먹으러 들렀다. 알루아는 내일부터 단짝친구와 마음껏 놀 수 있다는 생각에 기뻐서 금발 머리를 날리며 노래하고 깡충깡충 뛰어다녔다. 코제 씨는 마음이 푸근해져서 눈물에 젖은 눈으로 딸에게 미소를 띠었고, 딸의 가장 친한 친구를 어떻게 후원해줄지 생각했다. 안주인은 가만히 앉아서 만족한 얼굴로 물레를 돌렸다. 뻐꾸기시계는 즐겁게 째깍거리며 시간을 알렸다. 그 와중에 파트라슈는 수많은 환영의 말을 들으며 귀한 손님으로 거기서 머물렀다. 하지만 넬로가 없는 곳에서는 어떤 평화나 풍요도 파트라슈의 마음을 움직일 수 없었다.

식탁에 모락모락 연기 나는 저녁 식사가 놓였고 크고 즐거운 목소리가 울려 퍼졌다. 아기 예수 앞에는 알루아를 위해 고르고 고른 선물이 놓여졌다.

파트라슈는 기회만 노리고 있다가 새로 들어온 손님이 무심히 열어 놓은 문 사이로 빠져나갔다. 시리도록 아픈 암흑 같은 밤에 개는 힘없고 지친 다리로 힘닿는 데까지 빨리 움직여서 눈 위를 달렸다. 개의 머릿속에는 넬로를 따라가야겠다는 생각밖에 없었다. 사람이라면 아마도 기분 좋은 식사에, 쾌활한 따뜻함에, 아늑한 잠자리에 잠시 쉬어갈 수도 있겠지만 파트라슈의 우정은 그런 것이 아니었다. 파트라슈는 지난날을 기억했다. 길가의 도랑에서 죽어가던 자신을 구해준 할아버지와 어린아이를 떠올렸다.

저녁 내내 계속 눈이 내렸고, 이제 밤 10시가 다 되어서 넬로의 발자국도 거의 지워지고 없었다. 그래서 파트라슈는 냄새를 찾는 데 오래 걸렸다. 냄새를 찾아도 금방 놓쳤다가 다시 찾기를 수십 번 반복했다.

그날 밤은 날씨가 아주 험했다. 십자가 밑에 있는 등

저녁 내내 계속 눈이 내렸고
이제 밤 10시가 다 되어서
넬로의 발자국도 거의 지워지고 없었다.
그래서 파트라슈는 냄새를 찾는 데 오래 걸렸다

냄새를 찾아도
금방 놓쳤다가 다시 찾기를 수십 번 반복했다.

불은 바람에 꺼져버렸고 길은 빙판으로 덮였다. 한 치 앞도 볼 수 없는 어둠이 사람의 흔적을 모두 지워버렸다. 바깥에 살아 있는 것이라고는 없었다. 가축은 우리로 들어갔고 사람들은 모두 따뜻한 오두막과 농가에 모여서 즐겼다. 오직 파트라슈만이 얼어붙어버릴 것 같은 추위 속에 있었다. 늙고 굶주려서 고통스러웠지만 위대한 사랑의 힘으로 끈기 있게 견뎌내며 넬로를 찾아다녔다.

계속 내리는 눈 때문에 희미하고 불분명했지만 넬로의 흔적은 안트베르펜으로 가는 익숙한 길을 따라 나 있었다. 파트라슈가 발자국을 따라서 도시 안으로 들어서서 좁고 구불구불하고 음울한 길로 들어섰을 때는 이미 자정이 지나 있었다. 도시도 완전히 어둠에 잠겨 있었다. 집 문틈 사이로 새어 나오는 불그스레한 빛과, 술자리에서 부르는 노래를 흥얼거리며 집으로 돌아가는 사람들이 들고 가는 등불 빛이 전부였다. 길은 하얗게 얼음으로 덮였고, 하얀 길과 대비되어 높은 벽과 지붕은 검게 빛났다. 사방이 쥐 죽은 듯 조용했다. 바람에 간판이 삐걱거렸고 키 큰 가로등을 흔들어대며 일으키는 한바탕의 소음만이 들렸다.

눈 위에는 수많은 발자국이 찍혀 있었고, 여러 길이 교차되고 또 교차되었다. 파트라슈는 넬로의 발자국을 따라가기가 무척 힘들었다. 그래도 계속 앞으로 갔다. 뼛속까지 시린 추위 속에서 날카로운 얼음에 발이 찢기고 쥐가 온몸을 이빨로 갉아먹는 것처럼 굶주림으로 고통스러웠지만 계속 앞으로 갔다. 파트라슈는 가여울 정도로 비쩍 마른 몸을 벌벌 떨면서도 포기하지 않고 계속해서 발자국을 따라갔다. 넬로의 발자국은 안트베르펜의 심장부에 있는 성모 대성당의 계단으로 이어지고 있었다.

파트라슈는 생각했다.

'넬로는 결국 자신이 사랑하는 그림이 있는 그곳에 갔구나.'

파트라슈는 이해할 수 없었다. 하지만 예술에 대한 넬로의 열정에 경외감이 들었다.

대성당의 입구는 자정 미사가 끝난 뒤 잠기지 않은 채였다. 어떤 경솔한 관리인이 빨리 집에 가고 싶었는지, 아니면 파티에 가거나 잠을 자고 싶었는지, 그도 아니면 졸려서 열쇠를 제대로 안 돌리고 갔는지는 알 수 없지만, 문

하나가 열려 있었다. 덕분에 파트라슈는 까만 대리석 바닥 위에 찍힌 발자국을 따라 안으로 들어갔다. 그 작고 하얀 발자국은 온몸이 얼어붙은 파트라슈를 고요하지만 긴장감이 흐르는 성당 안으로 안내했다.

광대한 아치형 천장 아래로, 문에서 성단소까지 똑바로 난 발자국을 따라간 파트라슈는 돌바닥 위에서 넬로를 발견했다. 파트라슈는 살며시 기어가 넬로의 얼굴을 건드렸다. 파트라슈는 이렇게 말하는 것 같았다.

'내가 의리도 없이 너를 버릴 거라고 생각했어? 내 친구를?'

넬로는 나지막이 울면서 일어나 파트라슈를 끌어안으며 속삭였다.

"여기 누워서 같이 죽자. 사람들에겐 우리가 필요 없어. 우린 외톨이야."

파트라슈는 대답이라도 하듯이 가까이 기어와서 어린 소년의 가슴 위에 자기 머리를 놓았다. 커다란 눈물방울이 파트라슈의 슬픈 갈색 눈동자에 맺혔다. 자신을 위한 눈물은 아니었다. 파트라슈는 지금 행복했다. 둘은 살을 에

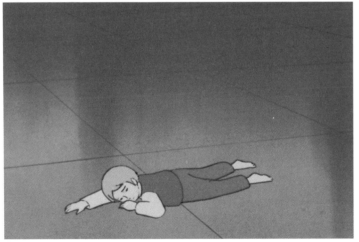

'내가 의리도 없이 너를 버릴 거라고 생각했어? 내 친구를?'

는 추위 속에 함께 붙어 누웠다. 북쪽 바다에서 플랜더스의 운하를 넘어 불어오는 바람은 얼음 파도 같았다. 그 바람은 살아 있는 모든 것을 얼려버렸다. 돌로 된 광대한 아치형 건물의 내부는 눈 덮인 초원보다도 더 혹독하게 추웠다. 가끔씩 박쥐가 어둠 속에서 움직였다. 이따금 흘러들어온 빛에 줄지어 늘어선 조각상들이 어슴푸레 빛났다. 루벤스의 그림 아래 둘은 가만히 누워 있었다.

추위에 마비되어 감각이 없어진 넬로와 파트라슈는 나른한 잠에 취해 꿈을 꾸는 듯했다. 둘은 함께 지난날을 꿈꾸었다. 여름에 꽃이 듬성듬성 피어 있는 푸른 초원을 함께 달리는 꿈을, 강가의 키 큰 골풀 속에서 바다를 떠다니는 배를 바라보며 햇살 아래 앉아 있는 꿈을 꾸었다.

불현듯 어두컴컴한 넓은 복도에 한줄기 하얀 빛이 비쳤다. 달이 구름을 뚫고 나와 높이 뜬 것이다. 눈은 잠시 그쳤고 달빛에 눈이 반사되어 새벽녘처럼 밝아졌다. 달빛은 아치형 복도를 지나 넬로가 비몽사몽간에 벗겨버린 휘장 속에 있던 두 그림, 〈십자가를 세움〉과 〈십자가에서 내려지는 그리스도〉를 한순간 비추었다.

A Day of Flanders

넬로는 일어나서 그림을 향해 팔을 뻗었다. 주체할 수 없는 환희의 눈물이 아이의 창백한 얼굴 위로 흘러내렸다.

"마침내 그림을 봤어! 신이시여, 이걸로 됐어요!"

넬로는 큰 소리로 외쳤다. 아이는 팔다리에 힘이 빠져서 무릎을 털썩 꿇었지만 여전히 자신이 사랑하는 걸작을 바라보고 있었다. 잠깐 동안이지만 달빛은 넬로가 오랫동안 간절히 보고 싶어 했던 성스러운 그림을 보여주었다. 빛은 마치 천국에서 흘러온 것처럼 맑고 포근하고 강했다. 그러다 갑자기 빛이 사라졌고, 다시 어둠이 예수의 얼굴을 감쌌다.

"그곳에 가면 그분의 얼굴을 볼 수 있을 거야. 우리 둘을 함께하게 해주실 거야."

넬로는 두 팔로 파트라슈의 몸을 꼭 끌어안으며 속삭였다.

다음 날, 안트베르펜 사람들은 대성당의 성단소 앞에서 넬로와 파트라슈를 발견했다. 둘은 숨이 멎어 있었다. 그날 밤의 추위는 어린아이와 늙은 개를 그 모습 그대로 얼려버렸다. 크리스마스 아침이 밝아왔고 사제들이 성당으로 들어왔다. 그들은 소년과 개가 돌바닥 위에 함께 누워 있는 모습을 보았다. 걷힌 휘장 너머로 루벤스의 걸작이 보였다. 첫 아침 햇살이 예수의 가시관에 아른거렸다.

그날 완고해 보이는 남자 한 명이 아이처럼 펑펑 울면서 찾아왔다.

"내가 그 아이한테 너무했어, 이제 내 실수를 바로잡으려고 했는데. 내 재산의 반을 주고 내 아들처럼 대해주려고 했는데."

하루가 빠르게 지나가는 가운데 누군가가 또 찾아왔다. 세계적으로 명성을 떨치고 있는 자비로운 마음을 가진 화가였다. 그가 사람들에게 말했다.

"어제 상을 받았어야 할 아이를 찾고 있습니다. 아주 보기 드문 재능을 가졌고 장래가 기대되는 소년입니다. 황혼을 배경으로 늙은 나무꾼이 쓰러진 나무 위에 앉아 있

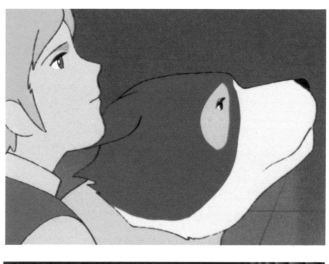

넬로는 일어나서 그림을 향해 팔을 뻗었다.
주체할 수 없는 환희의 눈물이
아이의 창백한 얼굴 위로 흘러내렸다.
"마침내 그림을 봤어! 신이시여, 이걸로 됐어요!"

는 그림이었죠. 전 그 그림에서 위대함의 싹을 보았습니다. 기꺼이 그 아이를 제자로 삼아 그림을 가르치고 싶습니다."

그러자 곱슬곱슬한 금발 머리의 여자아이가 아빠의 팔에 매달려 애처롭게 흐느끼며 소리쳤다.

"넬로, 돌아와! 우린 너를 위해 모든 준비를 다해놨어. 아기 예수의 손에는 선물이 가득하고, 백파이프 연주도 해줄 거야. 엄마가 크리스마스 주간 내내 난롯가에서 밤을 구워 먹으며 함께 지내도 된대. 아니, 공현축일*까지! 그럼 파트라슈도 아주 기뻐할 텐데! 넬로! 눈을 뜨고 이리로 와줘!"

하지만 창백한 어린아이의 얼굴은 루벤스의 빛나는 걸작을 올려다볼 뿐이었다. 미소 띤 얼굴은 모두에게 이렇게 대답하는 것 같았다.

"이미 늦었어요……."

얼어붙은 추위 사이로 낭랑한 종소리가 감미롭게 울

---

* 그리스도를 왕 중의 왕으로 찬미하는 축일로, 연중 마지막 주일이다.

려 퍼졌다. 햇살이 눈 덮인 평원을 비추었다. 사람들은 삼삼오오 모여서 즐겁고 신나게 거리를 돌아다녔다. 이제 넬로와 파트라슈는 사람들에게 자비를 구하지 않아도 되었다. 그들에게 필요한 모든 것은 안트베르펜이 주었다.

넬로와 파트라슈는 삶을 더 이어갈 수도 있었지만 죽음을 맞아 더욱 애처로웠다. 사랑이 보답받지 못하고 믿음을 실천하지 못하는 세상으로부터, 신은 충실한 사랑과 순수한 믿음을 거둬갔다.

살았을 적에 함께였던 그 둘은 죽어서도 떨어지지 않았다. 아이의 팔이 개를 꼭 안고 있어서 억지로 떼어놓을 수가 없었다. 깊이 뉘우치며 부끄러워하던 마을 사람들은 넬로와 파트라슈에게 특별한 은총이 내리기를 기도하며 한 무덤에 묻어주었다. 영원히 함께 쉴 수 있도록……

천진한 동심의 세계가 담아낸
슬프고 가슴 따뜻한 이야기

1872년 출간된 《플랜더스의 개》는 어린 시절 위다가 아버지에게 들은 플랜더스 지방의 구전 이야기에서 영감을 얻었다고 한다. 그녀의 아버지가 플랜더스 지방을 여행하다가 '플랜더스의 개'에 대한 이야기를 듣고 그것을 자신의 딸에게 들려주었던 것이다.

이 책 《플란다스의 개》를 보면 한국인에게도 친숙한 일본 만화영화 〈플란다스의 개〉가 떠오른다. 총52회분으로 상당히 오랫동안 방영되었지만 정작 원문 소설은 그리 길지 않다. 만화영화에서는 네로, 아로아로 일본식으로 번역되었지만, 이 책에서는 원문에 충실하게 넬로, 알루아로 번역했다.

그런데 정작 플랜더스 사람들은 파트라슈를 모른다. 《플랜더스의 개》는 위다가 영국에서 영어로 쓴 작품이고, 배경인 벨기에는 프랑스어와 네덜란드어를 쓰는 국가이기 때문이다.

안트베르펜 관광 사무소에서 근무하던 얀 코르텔은 일본 관광객들이 올 때마다 플랜더스의 개를 아느냐는 질문을 받았다. 관광객들의 질문에 궁금증이 생긴 코르텔은 도서관에서 영어로 된 《플랜더스의 개》를 읽고 '플랜더스의 개'를 관광 상품화하기로 결심한다.

코르텔은 넬로와 파트라슈의 동상도 세우고 넬로가 살던 마을이 안트베르펜에서 5킬로미터 정도 떨어진 호보켄 마을이라는 것도 알아냈다. 그리고 알루아가 살았음직한 풍차도 복원했다. 일본의 만화영화 〈플란다스의 개〉도 방영하려고 했지만 나막신이나 두건, 풍차 등이 너무 네덜란드풍이라는 이유로 방송국에서 거절당했다. 외국인들이 우리나라를 중국이나 일본풍으로 그리면 기분이 나쁜 것과 마찬가지일 듯싶다.

화가를 꿈꾸는 순수한 소년과
개의 아름다운 우정

할아버지와 단둘이 살던 넬로는 어느 날 길가에 버려진 죽기 직전의 개 파트라슈를 구해준다. 파트라슈는 처음으로 충성심이 생겨나고 할아버지와 함께 우유 배달 수레를 끌면서 넬로와 친구가 된다. 어느 날 할아버지는 나이가 들어 관절염 때문에 움직이지 못하게 되고, 어린 넬로가 할아버지를 대신해 우유 배달을 하면서 생계를 꾸려간다.

넬로에게는 소꿉친구 알루아가 있었다. 그런데 어느 날 넬로가 알루아의 초상화를 그리고 있는 것을 본 알루아의 아버지 코제 씨는 가진 것 없는 넬로와 자신의 딸 사이에 사랑의 감정이 싹틀까 봐

둘이 만나는 것을 금지한다.

"당신이 생각하는 일이 일어난다 해도 크게 문제가 될까요?
알루아는 두 사람이 먹고 살아도 충분할 만큼 많은 유산을 물려
받을 텐데요. 행복보다 더 중요한 것은 없잖아요."

아내가 망설이며 물어보았다.

"당신은 여자라서 세상을 몰라. 그 녀석은 무가치한 거지일
뿐이야. 게다가 그림쟁이가 꿈이라니 거지보다 더 하지! 앞으로
는 둘이 함께 있지 않게 신경 쓰도록 해. 아니면 내가 알루아를
수녀원에 보내버리겠어."

코제 씨가 담배 파이프를 식탁 위로 거칠게 내려치며 말했다.

여기서 코제 씨가 나쁘다고 탓할 수 있는 사람이 누가 있을까? 부
모가 되어보면 가진 것 하나 없으면서 농부가 되어 방앗간을 물려
받겠다는 것도 아니고, 화가를 꿈꾸는 남자를 사위 삼고 싶어 하는
사람은 아마 없을 것이다.

넬로는 알루아에게 뽀뽀해주며 단호한 목소리로 속삭였다.

"언젠간 달라질 거야. 알루아. 언젠간 너희 아버지가 가져간
나의 작은 송판이 그만큼의 은과 맞먹는 가치를 가지게 될 거야.
그러면 나리도 더는 내 앞에서 문을 닫아버리지 않으실 거야."

현실이 사무치도록 힘든 넬로는 행복한 미래를 상상하며 마음을

달랜다. 하지만 코제 씨는 모든 마을 아이들을 초대한 알루아의 영명축일에 넬로만 쏙 빼놓는다. 이 사실을 안 할아버지의 가슴은 미어진다.

> 할아버지는 넬로의 금발 머리를 부드럽게 자기 가슴으로 끌어당겨 다정하게 안아주었다. 나이가 들어 떨리던 할아버지의 목소리가 더욱 떨렸다.
> "가난해서 어떡하니, 우리 아가. 이렇게 가난해서 어쩌지……. 네게 너무 가혹하구나."
> "아니에요, 전 부자예요."
> 넬로가 속삭였다.

아마 이 부분에서 눈물이 흐르지 않은 사람은 없을 것 같다. 위다는 글로 성공하긴 했지만 어린 시절 글을 써서 돈을 벌어 살림에 보태야 할 만큼 형편이 어려웠기에 가난이 무엇인지 잘 알고 있었다.

그 마을에서 제일가는 부자인 코제 씨는 자신의 방앗간에 난 불이 넬로의 짓이라고 마을 사람들 앞에서 단정 짓고, 마을 사람들은 넬로와 말을 섞지 않으려고 한다. 집단의 의견에 동조하는 것이 사람의 본능이고, 집단으로 행동할 때는 죄의식도 사라지기에 집단의 도덕성을 판단할 수가 없다고 한다. 왕따 당하는 사람을 편들면 자신도 왕따가 될지도 모른다는 생각이 제일 먼저 들겠지만, 평소에 권력을 누려보지 못했던 평범한 마을 사람들은 자신보다 못한 넬로를 짓밟으면서 쾌감을 느꼈을지도 모르겠다.

넬로는 안트베르펜 대성당에서 휘장에 가려진 루벤스의 두 그림 〈십자가를 세움〉과 〈십자가에서 내려지는 그리스도〉를 보고 싶었지만 은화 한 닢을 마련하지 못해서 볼 수가 없었다.

화가가 되고 싶었던 넬로는 안트베르펜에서 열리는 미술 대회에 참가하기 위해 끼니를 굶으며 조잡한 재료를 준비하여 쓰러진 나무 위에 앉아 있는 미셸 할아버지의 그림을 그린다. 넬로는 그림을 그린다고 아무에게도 말할 수 없었다. 알루아를 만날 수도 없었고 할아버지에게 말을 꺼내면 더욱 걱정하실 뿐이었기 때문이다.

"우리는 가난하단다. 신이 준 대로 받아들여야 해. 힘들어도 받아들여야지. 가난한 사람은 선택할 수 없단다."

가난한 사람은 선택권이 없다. 일이 적성에 맞지 않는다고 툴툴대면 사람들은 '적성이 어디 있어? 돈이 바로 적성이다'라고 한다. 그렇다. 오늘날에도 돈 많은 사람들이 예술을 한다. 이 소설에 나오는 루벤스도 안트베르펜의 부유한 자산가의 아들로서 살아생전에 성공해서 부귀영화를 누리다 죽었다. 또 소설에서 미술 대회의 상도 돈 많은 부두 주인의 아들이 타게 된다.

결국 할아버지마저 돌아가시고, 집세도 못 내서 쫓겨난 넬로는 그날 코제 씨의 전 재산이 든 지갑을 찾아주고 파트라슈만 그 집에 남겨둔 채 떠난다. 하지만 파트라슈는 열린 문 틈으로 빠져나와 주인을 찾아간다. 알루아의 따뜻한 집 안 풍경과 넬로의 흔적을 따라가는 파트라슈의 춥고 힘겨운 길이 확연히 대비되고 있다.

개는 주인이 가난하든 부자이든, 잘생겼든 못생겼든 간에 따지지 않고 주인이 자신을 사랑해주기만 하면 사람과는 다른 충성을 보여준다. 사람이라면 그렇게 춥고 배고프고, 어차피 밖으로 나갈 수도 없는 상황에서 잠시 몸을 녹이고 허기도 달랜 후에 친구를 찾아가겠지만, 개의 사랑은 그런 것이 아니다. 친구를 찾는 것이 먼저다.

갈 곳 없는 넬로는 안트베르펜의 대성당으로 가서 그토록 보고 싶었던 루벤스의 그림을 보면서 죽어간다. 산타클로스의 이름인 니콜라스의 애칭인 넬로는 결국 크리스마스이브에 눈을 감고 만다. 넬로를 죽인 건 과연 누구일까? 죽던 날 저녁 알루아의 집에 머물게 해달라고 부탁하지 못했던 넬로의 꼿꼿한 자존심이었을까? 아니면 딸을 미래가 불투명한 그림쟁이에게 주고 싶지 않았던 방앗간 주인일까? 아니면 가난한 넬로를 등지고 나 몰라라 했던 마을 사람들일까?

손인혜

A Dog of Flanders

위다 Ouida (1839~1908)

1839년 영국 서픽주 베리 세인트 에드먼즈에서 태어났다. 본명은 마리 루이 드 라 라메. 어머니 수잔 서튼은 와인 상인의 딸이었고 아버지는 프랑스인 가정교사였다.

1860년 아버지의 수입이 일정치 않았기 때문에 가난한 집안 살림을 돕기 위해 잡지 등에 글을 발표하면서 스무 살부터 소설을 쓰기 시작했다. 〈포도밭 그랜빌Granville de Vigne〉을 월간지에 연재하면서 작가로 데뷔했다.

1863년 〈포도밭 그랜빌〉이 3년 뒤《속박 Held in Bondage》이라는 제목으로 출간되었다. 초기 작품은 바이런의 영향을 받아 감상적인 정서를 중시하는 낭만주의적 경향을 보였다.

1865년 《스트라스모어 계곡》을 출간했다.

1867년 런던의 랭햄 호텔에서 머물며《두 깃발 아래서Under Two Flags》를 썼다. 출간 후 연극과 영화로 만들어질 정도로 많은 인기를 얻었다. 5성급 호텔과 꽃가게의 청구서를 손쉽게 처리할 수 있을 정도로 많은 돈을 벌었고, 호텔에서 군인과 정치인, 오스카 와일드, 로버트 브라우닝, 존 밀레이 같은 예술가를 초대하여 파티도 열었다.

1871년 어릴 적 아버지에게 들었던 벨기에의 구전 이야기를 모티브로 소설을 쓰기 위해 벨기에 안트베르펜으로 여행을

갔다. 그곳에서 루벤스의 그림에 심취하여 루벤스의 그림과 평소에 좋아하는 개를 주인공으로《플랜더스의 개》를 쓰기 시작한다.

1872년 위다의 작품 중 가장 유명한《플랜더스의 개》를 출간하여 큰 호평을 얻었고, 19세기 중후반 영국에서 최고의 인기를 누렸다.

1874년 생애 대부분을 영국 런던에서 지내다가 이탈리아를 여행한 후 어머니와 함께 피렌체에 영구 정착했다.

1880년 《나방》을 출간했다.

1883년 《오후》를 출간했다.

1893년 《새로운 사제들 : 동물 실험에 반대하며》를 출간했다.

1895년 《뉘른베르크의 난로》를 출간했다.

1908년 동물을 무척 사랑했던 위다는 말년에 30여 마리의 개들과 함께 지냈다. 재정 관리를 잘하지 못했고, 사치스러운 생활로 가산을 탕진했다. 말년에 가난과 질병에 시달리다 69세에 폐렴으로 세상을 떠났다.

옮긴이 손인혜

경희대학교와 동 대학원을 졸업했으며 번역가로 활동하고 있다.
옮긴 책으로 《오즈의 마법사》, 《환상의 나라 오즈》, 《오즈의 오즈마 공주》,
《거울나라의 앨리스》 등이 있다.

플란다스의 개

초판 1쇄 2019년 5월 10일
초판 7쇄 2024년 5월 10일

지은이   위다
옮긴이   손인혜

펴낸이   장영재
펴낸곳   (주)미르북컴퍼니
자회사   더모던
전 화   02-3141-4421
팩 스   0505-333-4428
등 록   2012년 3월 16일(제313-2012-81호)
주 소   서울시 마포구 성미산로32길 12, 2층 (우 03983)
E-mail   sanhonjinju@naver.com
카 페   cafe.naver.com/mirbookcompany
S N S   instagram.com/mirbooks

I S B N   979-11-6445-022-0   03840